아키
토모야
Tomoya Aki

마루토 후미아키
= 지음

미사키 쿠레히토
= 일러스트

시원찮은
그녀를 위한
(히로인)

육성방법 9

카토
메구미
Megumi Kato

Saenai heroine no sodate-kata. 9

Presented by Fumiaki Maruto

Illustration : Kurehito Misaki

하시마
이즈미
Izumi Hashima

육성방법

시원찮은 그녀를 위한

히로인

마루토 후미아키 지음

미사키 쿠레히토 일러스트

이승원 옮김

\신생/
blessing
software
멤 버 명 단

프로듀서

하시마
이오리
Iori Hashima

기획, 서브 디렉터,
메인 히로인

카토
메구미
Megumi Kato

기획, 디렉터, 시나리오

아키
토모야
Tomoya Aki

음악

효도
미치루
Michiru Hyodo

원화, 그래픽 담당

하시마
이즈미
Izumi Hashima

Saenai heroine no sodate-kata.9

프롤로그

휴일에 내 방에 스며드는 저녁노을이 상큼한 느낌의 온기를 전해주고 있는 5월 중순…….

『자, 이게 우리가 만드는 최강 미소녀 게임의 개발 스케줄이야.』

……하지만, 그런 상큼한 공기를 순식간에 후덥지근하게 만드는 엉터리 상큼한 목소리가 방 안에 울려 퍼졌다.

『최종 기한은 디버그 기간을 포함해 11월 마지막 주…….겨울 코믹마켓에서 충분한 양을 분포하기 위해서는 그게 마지노선이라고 생각해줘.』

"잠깐만, 이오리. 이건 전작의 최종 기한보다 2주나 빠르거든?"

『하지만 너희는 전작을 만들 때 그 기한도 지키지 못했잖아? 같은 실수를 반복할 수는 없지 않겠어?』

"으으윽……."

약간 노이즈가 섞인 미묘하게 새되고, 꽤나 끈적끈적하며 미남 포스가 풀풀 풍기는, 그야말로 귀에 거슬리기 그지없는 목소리였다.

테이블 위의 디스플레이에 표시된 스케줄 표를 마우스 포인터로 가리키면서 말을 늘어놓고 있는 이 목소리의 주인은 현재 이 방에 있지 않았다.

『잘 들어, 토모야 군. 내가 프로듀스를 맡은 이상 실패는 용납 못해……. 거짓 완성 발표 후에 추가 작업을 한다든가, 발매일 당일에 패치를 배포하는 사태는 고려할 가치조차 없어. 그리고 크리에이터의 태만과 도망, 클라이언트의 체불과 도망, 유통 측의 발매 강행 등을 통한 소재 부족 사태가 벌어진다면…….』

"다들 최선을 다하고 있어! 그들의 심정을 좀 헤아려주자고! 그리고 우리 서클은 유통 측과는 전혀 연관되어 있지 않단 말이다!"

그렇다. 디스플레이의 양옆에 있는 스피커에서 흘러나오는 이 짜증 나는 목소리의 주인은 현재 자신의 집에서 web 회의 시스템을 통해 지시를 내리고 있었다.

갈색 파마머리와 리얼충 느낌이 풀풀 나는 미남이지만, 실은 동인 지골로인 망할 오타쿠.

수상쩍은 태도와 말투를 주로 사용하며, 수상쩍기 그지없는 호언장담만 해 대는 남자.

우리가 만든 게임 제작 서클『blessing software』에 이번 달에 들어온 신참이자, 프로듀서&디렉터&조정자라는 최고 책임자 지위를 맡은 대악인…… 아니, 거물 멤버.

카와분지 고교 3학년 D반, 하시마 이오리.

『그리고 미리 말해 두겠는데, 작년 겨울 코믹마켓 때「rouge en rouge」는 이 스케줄에 맞춰 작품을 완성했어.』

"크으으으윽……."

그리고 중학교 시절의 내 절친이자, 얼마 전까지 초거대 서클『rouge en rouge』를 이끌던 철천지원수다. 만약 2차원 여자였다면 악연으로 주인공과 얽힌 히로인 포지션에 해당할지도 모르는 복잡한 관계라는 점은, 내 입으로 언급하지 않는 편이 좋을지도 모른다.

"……하지만 그 덕분에 저희 쪽 제작진은 완성 일주일 전쯤부터 다들 썩은 동태눈이 되어버렸어요."

"그, 그랬구나. 고생 많았어, 이즈미."

그리고 이오리의 자화자찬 같은 발언에 대놓고 반박한 용감한 사람은, 내 옆에 귀엽게 앉아 디스플레이에 표시된 스케줄 표를 지긋지긋하다는 눈길로 쳐다보고 있는 여자애였다.

"정말, 오빠는 크리에이터를 전혀 이해하지 못한다니까……. 우리는 제조가 아니라 창조를 하고 있다구. 항상 기한에 맞춰 신께서 강림할 거라고 생각하지 말란 말이야."

『잘 들어, 이즈미. 제조업 쪽 사람들이 창조를 하지 않는다고 말하는 거야말로 네가 세상 물정을 모른다는 증거야. 뭔가를 만든다는 건 개선과 궁리와 노력을 반복해 마이크로 단위의 정밀성에 도달하거나, 몇 톤이나 되는 무게를 견뎌 내는 강도를 완성하는, 그야말로 불철주야로 창조에 몰입해야 하는 세계지. 그런데도 기한에 맞춰 공업 제품을 생산하고 있는 분들을 바보 취급할 자격이 우리에게 있을 거라고…….』

"두 사람 다 그만해. 이야기가 이상한 곳으로 새고 있다고."

늘어뜨린 머리카락과 순진무구한 외모를 지녔지만, 실은 동인 작가이자 여성향 게이머.

말투는 밝고 활기찬 어조를 지녔지만, 때때로 상대방에게 낯여 부적절한 발언을 입에 담는 소녀.

지난달에 우리 서클에 가입한 신입이자, 내가 다니는 학교에 입학한 후배이며, 캐릭터 디자인&원화라 하는 중요 포지션을 담당하고 있는 거물 루키 멤버.

토요가사키 학원 1학년 C반, 하시마 이즈미.

"저기, 토모야 선배. 진짜로 이런 벽창호를 디렉터로 삼아도 괜찮겠어요?"

"그, 그게…… 내가 모든 루트의 시나리오를 담당하면서, 디렉터까지 겸임하는 건……."

『이건 서클 대표인 토모야 군과 참모인 나만이 이해할 수 있는 고도의 정치적 판단이야. 설령 여동생일지라도, 일개 원화 담당인 이즈미가 끼어들 영역이 아니라는 건 이미 몇 번이나 설명했을 텐데?』

"하지만 나와 토모야 선배는 시나리오 라이터와 원화가 콤비라구! 즉, 우리 서클의 에이스 투수와 4번 타자란 말이야!"

『감독과 수석 코치보다 중요한 관계 같지는 않은걸.』

"그럼 투톱!"

『축구에서 가장 대중적인 관계라면 포워드와 골키퍼 아닐까?』

"공과 수!"

『참고로 골키퍼를 곱하기의 앞에 둘 것인지, 뒤에 둘 것인지에 따라 파벌이 완전히 달라지니까 주의할 필요가…….』

"너희 남매는 대체 무슨 소리를 하고 있는 거야?!"

그리고 중학교 시절의 내 애제자이자, 얼마 전까지 이오리가 이끄는 『rouge en rouge』에서 원화를 담당하고 있었던 철천지원수다. 만약 히로인의 모델로 삼는다면 모에 계열이나 악연 계열, 어느 쪽도 괜찮을 것이다. 하지만 이 관계성을 숨기고 있지 않은데도, 그다지 중요시되지 않는 듯한 느낌이 드는 건 대체 어째서일까.

"아하. 이 이오×토모가 전에 란코가 말했던 그거구나~. 그렇구나~."

"어이, 너는 그런 쓸데없는 지식을 쌓을 필요 없어, 미치루…….'

한편, 하시마 남매의 썩어 빠진…… 아니, 숙성된 대화를 듣고 납득한 사람은 내 침대 위에 양반 다리를 하고 앉아서 기타 튜닝에 여념이 없는 여자애였다.

"이야~, 서클 멤버인데도 하시마 남매의 오빠 쪽만 안 왔길래, 토모가 독점충이라서 그런가 했더니 진짜 독점충은 하시마 남매의 여동생 쪽이었구나~."

"어이, 너는 친구 관계를 좀 개선해야 할 것 같은데?"

그리고 처녀충 및 독점충에 관한 이야기는 문제의 소지가 많으니 가능하면 입에 담지 말아 주세요…….

"으음, 방금 매우 무례한 말을 듣고 화가 나서 이런 말을 하는 건 아니지만, 오빠를 부르지 말자는 판단을 내린 사람은 다름 아닌 토모야 선배라고요."

"어~, 이유가 뭐야? 하시마 오빠 쪽은 우리 밴드의 매니저이기도 하니까 이 자리에 와주는 편이 여러모로 좋은데 말이야~."

"저기, 미치루? 그런 짓을 어떻게 하냐고……."

"아~, 역시 오늘은 에치카가 말한 것처럼 미팅이 끝나자마자 아침까지 생으로 4P를 하는 거구나. ……그런데 4P가 뭐야?"

『토모야 군, 생으로 하는 건 좀 그럴 것 같은데 말이야…….』

"너, 지금 당장 밴드를 해산해! 알았지?!"

쇼트커트 곱슬머리에 활동적이며, 겉모습과 마찬가지로

밴드의 보컬 겸 기타리스트.

나른하면서도 될 대로 되라는 듯한 말투로 던져 대는, 돌이킬 수 없는 에로 폭언.

우리 서클에 들어온 지 반년이 다 되어 가고, 나와 한날한시에 같은 병원에서 태어난 사촌이자, 주제가&BGM이라는 중요 포인트를 담당하는 필살의 거물 멤버.

츠바키 여자 고등학교 3학년 4반, 효도 미치루.

"그러니까…… 미치루 선배의, 평소 복장 때문에 안 되는 거라고요."

"어~ 이 옷차림이 어째서?"

"너, 그걸 몰라서 묻는 거냐?! 그 꼴로 이오리와 만날 생각이냐고!"

어리둥절한 표정을 짓고 있는 미치루가 걸친 옷…… 그것은 헐렁헐렁한 탱크톱과, 작디작은 쇼트 팬츠였다.

노출도가 높은 복장을 선호하기 때문에 히로인의 모델로 삼는다면 분명 에로 담당이 될 것 같은 미치루의 관계성은…… 아, 뭐, 3차원에서도 에로 담당이지. 그래. 이런 히로인의 루트는 스토리를 그다지 중시하지 않아.

"이야~. 딱히 심각하게 생각해보지는 않았지만…… 역시 좀 그런 거야?"

"당연하지! 너, 나 말고 다른 남자 앞에서……!"

『응. 확실히 독점충이네. 틀림없어.』

"으으으…… 역시 독점충이구나."

"그런데 독점충이라는 게 대체 뭐야?"

이 방에 있는 두 소녀의 목소리와 스피커에서 흘러나오는 목소리가 느닷없이 기묘한 연대감을 지니며, 아무 잘못도 하지 않은 나를 마구 몰아붙인 순간…….

"게임이나 애니메이션, 소설에서 나오는 히로인이 전부 주인공의 것이어야만 한다고 생각하는 사람을 말해, 효도 양."

"카, 카토……."

나폴리탄 스파게티가 잔뜩 담긴 커다란 접시를 든 소녀가 나를 향해 도움의 손길을 내밀었다.

"설령 주인공이 한 히로인을 고르더라도, 주인공에게 차인 다른 히로인들이 다른 누군가와 사랑을 시작하는 것을 용납하지 못하며…… 결단코 다른 남자와 맺어지지 않고, 죽을 때까지 주인공을 향한 마음을 품은 채 독신으로 사는 캐릭터성이야말로 바람직하다고 아키 군이 지난번에 열변을 토했었지?"

"우와, 말도 안 돼, 완전 역겹네!"

"하나도 역겹지 않거든?! 진성 오타쿠들의 영원한 꿈이거든?!"

게다가 그것은 도움의 손길과는 거리가 멀어도 한참 멀었다.

……아무튼, 이렇게 중요한 미팅 중에도 자연스럽게 자리

를 비우며, 앞치마 차림으로 남의 집 부엌에서 멋대로 요리를 한 후, 당연하다는 듯이 그 요리를 남들에게 대접하는 여자애.

"우오~, 엄청 기다렸어요, 카토 님~! 그럼 가루 치즈 뿌릴게~."

"앗, 미치루! 통 안에 든 치즈를 전부 뿌리지 마!"

"신경 써주셔서 감사하지만, 메구미 씨의 요리는 여전히 칼로리가 엄청나네요……."

쇼트 보브, 쇼트 포니테일, 포니테일, 롱 헤어 이렇게 1년 동안 쉴 새 없이 헤어스타일이 변한 끝에 현재는 원점인 쇼트 보브로 돌아와, 오타쿠와 일반인의 경계선에서 줄타기를 하고 있던, 미소녀라는 점 이외에는 별다른 특징이 『없었던』 여자애.

무뚝뚝하고 냉정한 말투로 자아내는 멍하면서도 평범한 태클……만 거나했더니, 요즘 들어서는 멍하면서도 무미건조한 얼음 칼날을 날려 대는 날카로운 혀.

우리 서클에 들어온 지 1년이 약간 지났고, 서클의 설립 이유이기에 메인 히로인이라는 정체불명의 포지션을 맡은 걸로도 모자라, 요즘 들어서는 스크립트 업무도 겸임하고 있는, 간판 배우 겸 숨은 공로자인 소인배같은 거물 멤버.

토요가사키 학원 3학년 A반, 카토 메구미.

"다음은 핫 소스~."

"잠깐! 그거야말로 제발 통에 든 걸 전부 뿌리지 마! 아니, 뿌릴 거면 네 앞 접시에 담은 후에 뿌려!"

"으으, 맛있어……. 기름과 탄수화물 덩어리라는 걸 알지만 맛있어서 계속 먹게 돼요……."

또한, 다른 멤버와 달리 심각한 문제 끝에 서클에 들어오거나 우여곡절 끝에 서클에서 나가지도 않은, 메인 히로인이라고 하기에는 꽤나 약해 빠진 이 관계성은…… 뭐, 카토니까 됐어.

"그런데 회의 쪽은 잘 끝났어?"

서클 부대표인데도 불구하고 회의에서 빠졌던 카토는 쟁반을 안아 들며 내 옆에 앉더니, 불현듯 생각난 것처럼 오늘 멤버들이 모인 이유를 언급했다.

"아, 그거라면……."

『그거라면 걱정할 필요 없어. 서클 대표인 토모야 군과 참모인 내가 의견을 교환하면서 진행해 나가기로 합의…….』

"결론은 났어? 제대로 납득한 거야? 아키 군."

"으, 응……?"

그리고 불현듯 생각난 것치고는 미묘하게 의미심장한 태도를 취한 카토는 왠지 모르게 신경 쓰이는 반응을 보였다.

"이즈미 양과 효도 양도 납득한 거야? 다들 납득하지 않은 상태에서 본격적으로 시작해선 안 된다고 생각하는데, 정말 괜찮겠어?"

"아, 으음~, 저는 꽤 의견을 내놓았지만…… 뭐, 토모야 선배의 판단을 믿고 따를 거예요."

"뭐, 내 작업은 한참 뒤에나 시작되니까, 그때가 되지 않으면 알 수 없어~."

"그렇구나……. 으음~. 뭐, 알았어."

"……카토?"

하지만 나 때문에 그런 태도나 반응을 취하는 게 아니라…….

『그렇게 신경이 쓰인다면 처음부터 회의에 참가해서 자신의 의견을 밝히는 편이 좋지 않았을까? 카토 양.』

"자, 그럼 이 이야기는 이걸로 끝. 남은 건 겨울 코믹마켓 때까지 최선을 다하기만 하면 되겠네……. 『지금 이 자리에 있는』 사람들끼리 힘을 합쳐서 말이야."

"카토……."

그렇다. 그녀가 이러는 건 『지금 이 자리에 없는』^{한 명} 사람들 때문인 것이다…….

『카토 양은, 참 너무하네. 네가 성가신 여자라는 둥, 흑막이라는 둥, 토모야 군을 뒤에서 조종하고 있다는 둥, 그런 소릴 했다고 이렇게 대놓고 무시할 건 없잖아.』

"이오리……."

아니, 으음, 이번에 이오리를 부르지 않은 가장 큰 이유는 진짜로 『흑막』^{카토}의 의향이 진하게 반영되었기 때문이라는 건…… 내 입으로는 말하지 않는 편이 좋을지도 모른다.

『그리고 그런 인물 평가는 나한테 있어서는 최고의 칭찬이 니까, 너도 좀 더 자부심을 가지도록 해. 네가 지닌 그 절묘 한 흑막 같은 면은 내가 존경하는 코사카 아카네 씨에게도 버금…….』

"아."

"아."

"아."

그리고 이 자리에 있는 이들 모두가 동일한 인식을 지니게 된 것 같았다.

……카토가 느닷없이 컴퓨터의 하드웨어 리셋 버튼을 누 른 덕분에 말이다.

"자, 회의도 끝났으니 잠시 쉬자. 빨리 안 먹으면 요리가 식어버릴 거야."

"으, 응……."

"아, 예……."

"아, 알았어……."

카토가 『별것 아니라는 듯이』 입에 담은 강요…… 아니, 제 안에 따라, 우리 서클의 활동은 오늘도 무사히 끝났다…….

하지만 그 무사함은 오래간만에 내 머릿속에 경고음이 울 려 퍼지게 했다.

알기 쉬운 서클 와해 법칙 4

「멤버들간(특히 흑막과 조정자)의 사이가 나쁘다」

제1장

이번 학교 묘사는 여기까지입니다.

"토모야, 여기 앉아도 돼?"

"……응?"

다음 주 월요일.

토요가사키 학원 3학년 F반 교실.

무슨 수를 써서라도 수업 풍경을 묘사하지 않으려는 이 작품의 모토에 따라, 지금은 점심시간.

매점에서 점심 식사 조달에 성공한 내가 희희낙락하면서 자리에 앉은 순간, 갑자기 오른쪽 옆에 있던 책상이 내 책상과 충돌했다.

"자, 네 책상도 이쪽으로 돌려."

"어, 너, 뭐하는 거야?"

고개를 돌려보니, 옆자리의 같은 반 여자애가 내 책상에 자신의 책상을 붙이고 도시락 통을 열고 있었다.

하지만 그 상대는 항상 어쩔 수 없이 같이 밥을 먹는 윈

쪽 옆자리의 카미사토 요시히코(오늘은 결석)가 아닐 뿐만
아니라, 남학생도 아니었다.

교실 내부의 카스트 제도로 볼 때, 진성 오타쿠인 나 따
위와는 말도 섞지 않을 만큼 『고귀한』 여자애.

눈부신 금발 트윈 테일을 지닌 가련한 분위기의 미소녀.

아버지가 영국인 외교관인 영국계 혼혈 아가씨.

입학 직후부터 장래를 촉망받아 온 미술부 에이스.

"흐음, 돈가스 샌드위치랑 야키소바빵이 네 점심이야? 꽤
나 기름진 메뉴네."

"에리리…… 너, 설마 러브 코미디 작품에서 이 두 메뉴가
해 온 역할의 중요성을 모르는 건 아니겠지?"

"뭘 모르는 건 너야. ……이 두 메뉴야말로 표지가 바뀌기
만 한 양산형 러브 코미디를 넘쳐 나게 만든 만악의 근원이
란 말이야."

"……그럼 내기할까? 지금부터 내가 설명하는 러브 코미디
시추에이션을 부정해봐, 카시와기 에리."

"……바라는 바야."

하지만 그녀의 실체는…….

"점심시간, 매점의 인기 메뉴인 돈가스 샌드위치를 차지하
기 위해 매일같이 달리기 경주를 벌이는 주인공과 육상부
히로인! 항상 다투기만 하던 두 사람의 관계는 그녀가 다른
남자에게 고백받은 다음부터 삐걱거리기 시작한다!"

"복도에서 뛰면 위험하잖아. 그리고 요즘은 돈가스 샌드위치를 손에 넣기 위해 매점에서 쟁탈전을 벌이지는 않을걸? 근처 편의점에 가서 사면되잖아."

"윽…… 우연히 자신이 먹다 만 야키소바빵을 상류층 아가씨 히로인에게 나눠주게 된 주인공! 그 서민적이고 꾸밈없는 행위 때문에 주인공에게 호감을 가지게 된 상류층 아가씨! 지금까지 자신의 주위에 존재하지 않았던 타입의 남자인 주인공이 점점 신경 쓰이기 시작한 그녀는……."

"초면인 상대에게 자기가 먹던 음식을 나눠주면 상대방은 완전 질려버릴걸? 그리고 서민적이든 고급품이든 간에 먹을 것에 낚여서 함락되는 상류층 아가씨는 이 세상에 존재하지 않아. 참고로 이 정보의 출처는 바로 나야."

"크으으으으윽……."

"……그리고 이딴 헛소리를 하다간 점심시간이 끝나버릴 테니까 먼저 먹을게. 잘 먹겠습니다."

신분만 보면 순혈 상류층 아가씨가 틀림없지만, 배양 방식이 너무 특수했던 나머지 이런 식으로 성장하고 만 오타쿠.

토요가사키 학원 3학년 F반, 사와무라 스펜서 에리리.

"그러는 너도 이런 정크푸드는 좋아하잖아."

"미안하지만 나는 야키소바빵보다 야키소바 컵라면을 더 좋아해."

"그게 더 정크푸드스럽거든?"

부모님의 자식 교육에 문제가 많았던 탓에 이렇게 유감스럽기 그지없는 오타쿠 여자애로 자라고 만 것이리라.

"그건 그렇고, 이래서는 영양분이 한쪽으로 너무 치우치겠네. 달걀말이라도 먹을래?"

"됐어."

"사양 안 해도 돼. 너, 우리 엄마 달걀말이 좋아했잖아."

"아니, 그게 문제가 아니라……."

확실히 에리리네 아주머니가 직접 만든 도시락은 예전과 마찬가지로 상류층 아가씨의 점심식사답지 않게 서민적이었다. 그리고 이 도시락을 혼자서 다 먹어 치우다시피 했던 초등학교 소풍 때의 기억이 자연스럽게 머릿속에서 떠올랐다.

……이 상류층 아가씨와 나는 교내에서의 신분 자체는 하늘과 땅만큼 차이가 나지만, 이렇게 점심을 같이 먹을 정도의 친분은 있었다.

초등학교 1학년 때부터의 소꿉친구.

몇 달 전까지 같은 서클에서 같은 꿈을 좇았던 옛 동지.

그리고 두 번이나 치명적으로 엇갈렸으면서도, 이렇게 또 같은 반이 되어버릴 만큼 악연으로 이어진 사이.

"어이, 에리리."

"왜?"

"너, 나랑 같이 점심 먹어도 괜찮겠어?"

"그럼 안 돼?"

"아니, 그게……."

「알면서 뭐하러 묻는 거야」라는 말이 입 밖으로 나올 뻔했지만, 그거야말로 「알면서 뭐하러 말하는 거야」나 마찬가지이기에 나는 입을 다물었다.

금발에 혼혈인 미술부원 상류층 아가씨(위장)와 진성 오타쿠 남자(본성)가 점심시간에 같이 점심을 먹으면 반 애들의 호기심과 질투와 모멸이 어린 시선을 받게 된다는 건 8년 전에 질리도록 경험…… 아, 이제 9년 전 일이구나.

"이제 와서 집단 괴롭힘 같은 걸 당할 리가 없잖아. …… 다들 어른이 됐다구."

에리리가 그렇게 말하면서 주위를 둘러보자, 몇몇 여자애들이 허둥지둥 고개를 돌렸다.

……그녀들은 호기심을 보이고 있지만, 예전처럼 적의를 드러내거나 조소를 짓지는 않았다.

"시대가 변했구나……."

그렇다. 시간은 쉴 새 없이 흐른다.

항상 앞으로 나아가며, 상식과 룰을 바꾸는 것이다.

지금은 9년 전과 다르다……. 매점의 전설이 되어버린 돈가스 샌드위치와 비교해도 손색이 없을 만큼 퀄리티가 좋은 녀석을 편의점에서 살 수 있는 시대가 된 것이다.

그러니 점심시간이 되자마자 육상부의 스포츠 소녀와 어깨를 나란히 한 채 복도를 전력 질주하며 사랑을 키워 가는 이벤트도 진부해진 것이다…….

"그것도 그렇지만, 가장 큰 원인은 네 이미지 체인지일 거야."

"……뭐?"

……내가 다음 작품의 플롯에 존재하는 문제점에 대해 생각하고 있을 때, 에리리는 입과 시선으로 뜻밖의 반응을 보였다.

"토모야 너, 요즘 들어 여자애들이 너를 대하는 반응이 좀 평범해진 것 같지 않아? 예전처럼 『아~, 그래그래』 하면서 대충 흘려 넘기는 게 아니라, 평범하게 너를 대해주고 있다고나 할까, 인간 대접을 받고 있다고나 할까……."

"원래부터 인간 대접을 받고 있었거든?! 우리는 다 같은 인간이거든?!"

그런 과거의 끔찍한 추억을 떠올리고 상처받으면서도, 나는 3학년이 된 후 여자애들이 나를 대할 때 보였던 반응을 떠올렸다.

하지만 아무리 생각해봐도 그렇게 대접이 바뀐 것 같지는 않았다. 오타쿠 군이라고 불리지 않게 되었고, 선생님한테 내가 호명당했을 때도 여자애들이 웃지 않았다. 또한 내가 무슨 말을 했을 때도 「아~, 그래그래」 하면서 대충 넘기지도 않았…….

"……아."

……그런 그리운 기억을 더듬다 보니 눈시울이 뜨거워지려던 나는 3학년이 된 후에 발생한 어떤 변화를 떠올렸다.

"혹시, 안경……?"

"안경을 벗은 얼굴이 생각했던 것보다 멀쩡해서, 다들 너를 어떻게 대하면 좋을지 감을 못 잡고 있는 것 같아."

그 말을 듣고 내가 주위를 둘러보니…… 확실히 방금 에리리가 둘러봤을 때와 반응이 별반 다르지 않았다.

그 안에 담긴 것은 호기심과 질투 같은 가시 돋친 감정이 아니라, 좀 더 원만하면서도 순수한 『흥미』였다.

"손바닥 뒤집듯이 태도를 바꿨네……."

"뭐, 나는 네 원래 얼굴은 전부터 알고 있었지만 말이야."

"하지만 안경을 벗은 것 외에는 딱히 달라진 데가 없는데?"

"즉, 여자애들이 너를 평가할 때 가장 중요시한 요소가 바로 그 안경……."

"잠깐만, 그럼 나는 여전히 바보 취급당하고 있는 거나 다름없잖아!"

"뭐, 그것보다…… 그건 대체 어떻게 되어 가고 있어? 토모야."

"그거라니?"

"그러니까, 메구미와……."

"……아~."

꽤나 짜증 나는 서론이 겨우 끝난 후, 내가 풀이 죽은 채 돈가스 샌드위치를 먹고 있을 때…….

아마 계속 기회를 엿보고 있었던 모양인 에리리가 은근슬쩍 입을 열었다.

"골든 위크 기간에 내가 연락했을 때는 , 금방 자리를 만들어주겠다고 했었잖아. 그런데 왜 그 후로 연락이 없는 거야?"

뭐, 에리리가 남들이 보는 앞에서 나한테 말을 건 순간, 그녀의 목적이 무엇일지 짐작하기는 했다.

"그게 말이야. 카토에게 이야기를 하기는 했거든? 그런데 갑자기 바빠져서 좀처럼 시간이 나지 않는 것 같더라고."

하지만 나에게는 에리리를 만족시킬 만한 이야깃거리가 없기 때문에 계속 얼버무릴 수밖에 없다.

그리고 내 답변에 만족할 리가 없는 에리리는 미심쩍은 표정을 지으며 고개를 돌린 나를 뚫어져라 쳐다보았다.

"……흐음, 카토, 라."

"왜 그래?"

"오늘은 카토라고 부르네."

"응?"

"뭐, 아무래도 상관없지만."

"진짜 왜 그러는 건데?!"

게다가 눈매가 엄청 험상궂었다.

"아아~, 정말. 왜 또 이렇게 되는 거야……. 카토도 나랑 만날 마음이 있는 것 같다며?"

"아니, 서클 활동으로 바빠서 그런 거니까 어쩔 수 없잖아."

"바쁘다는 건 거짓말이지? 애초에 메구미가 바쁠 정도로 토모야가 담당한 파트의 작업이 진행됐을 리가 없는걸."

"남의 작업 상황을 신경 쓰기 전에 자기가 담당하고 있는 부분이나 어떻게 하지 그래?!"

"메구미에게 아무 말도 하지 않고 서클을 관둔 내가 전면적으로 잘못한 건 맞아."

"아~, 그야 뭐……."

그 후, 에리리는 그녀의 어머니가 직접 만든 문어 모양 비엔나를 젓가락으로 만지작거리면서 계속 투덜댔다.

"이참에 그 일에 대해서도 사과할 생각인데…… 왜 사과할 기회조차 주지 않는 거냐구."

"맞아~."

……참고로 『나한테도 사과해야 하는 거 아냐?』 하고 머릿속으로 생각하고 있었다는 사실을, 절대 입 밖으로 꺼내서는 안 된다.

"저기, 내가 메구미에게 또 잘못하기라도 한 거야? 나, 거의 한 달 동안 집에 틀어박혀서 일만 했다구."

"그거 고생 많았겠네~. 뭐, 힘내. 노력은 너를 배신하지 않는 법이라고~."

"……왠지 건성인 티가 팍팍 나는 어드바이스네."

"어라~. 그래~?"

그 후에도 나는 카토가 되기라도 한 것처럼 에리리의 우는소리를 건성으로 흘려 넘겼다.

그리고 그런 내 태도 때문에 뚜껑이 열린 에리리가 내가 먹던 야키소바빵을 먹어 치우는 상류층 아가씨로 변신한 순간, 점심시간이 끝났다.

……하지만 지금은 이럴 수밖에 없다.

아, 야키소바빵의 말로가 아니라, 내 태도 말이다.

그야, 뭐, 어쩔 수 없잖아?

에리리가 피눈물을 흘리면서 이룩해 낸 최고의 『작업물』이 이 사태를 초래했다는 걸, 그녀에게 알리고 싶지 않다고.

※　※　※

"에리리와 점심을 같이 먹었다며? 책상을 딱 붙이고서."

"오늘 오후 열두 시부터 한 시까지 어디서 뭘 하고 계셨던 겁니까?!"

그리고 그날 저녁, 방과 후의 하굣길.

평소와 마찬가지로 시골틱한 분위기가 끝내주는 카페 안. 그곳에서 돈가스 샌드위치(오늘 들어 두 개째)를 먹어 치우던 나는 무방비한 상태에서 등 뒤에서 날아온 강렬한 태클을 맞고 엄청난 고통에 휩싸였다. 한편, 그런 악질적인 반칙을 저지른 철벽 수비수는 스마트폰을 만지작거리면서 스리백 전술을 유지하고 있었다.

"아, 나는 교실에서 친구와 점심을 먹고 있었어. 뭐, 이즈미 양이 1분 간격으로 실황 보고를 해줬지만 말이야."

"우, 우와……."

"아, 본인에게 허락을 받아 뒀으니까 메시지를 보여줄게. 봐."

"우와아아아아……."

그리고 여전히 무미건조한 카토가 내민 레드카드…… 아니, 스마트폰 화면에는 이즈미가 보낸 LINE 메시지가 쭉 나열되어 있었다.

『아얏! 달걀말이예요! 우, 우와 아앙~을 하려고 해요!』

『어, 어찌어찌 유혹을 견뎌 낸 것 같네요. 선배, 파이팅!』

『두, 두 사람의 거리가 점점 좁혀지고 있어요…….』

『선배, 속으면 안 돼요! 그 여자는 적이에요! 배신자라고요!』

『토 킥이 들어갔어요~!』

『서, 선배 얻어맞고도 질색하거나 짜증 내지 않아요!』

『두, 둘이서 야키소바빵 쟁탈전을 벌이고 있어요! 이, 이건 그야말로 악연 타입 히로인과의 개별 이벤트예요!』

『빼앗겼어요~! 선배가 먹던 야키소바빵을 빼앗겼다고요~!』

"아키 군과 에리리, 꽤나 즐거워 보이네. 그리고 이즈미 양도."

"……으, 으, 응."

참고로 카토가 보낸 메시지는 「흐음~」, 「그렇구나」, 「진정해, 이즈미 양」 같은 로우 텐션…… 아니, 로테이션이었으니 그냥 생략하겠다.

"이, 이즈미도 정말 못 말린다니깐! 그냥 말을 걸면 될 걸!"

"그랬다간 세 사람 다 점심을 먹는 둥 마는 둥 했을걸? 아키 군은 어떻게 생각해?"

"……차라리 그 편이 나았을 거야~."

그렇다. 이런 대화 내용을 나중에 보게 되는 것보다는 훨씬 나았으리라.

참고로 나는 이즈미의 반응을 보면서 약간의 위화감을 느꼈다.

그녀는 고등학교에 들어온 후, 상급생의 소굴에도 주저 없이 성큼성큼 들어왔다. 아예 친구까지 데리고 우리 반에 쳐들어와서 에리리를 짜증나게 하거나, 주눅 들게 하거나, 얼간이로 만들면서 승리를 거둬 왔던 것이다.

그러니 오늘도 도시락을 들고 와서 「선배~! 점심 같이 먹어요!」 하고 말했다면, 저렇게 유쾌한…… 아니, 심장에 안 좋은 메시지를 볼 일도…….

"이즈미 양은 에리리와 얼굴을 마주하기 힘든 게 아닐까?"

"이유가 뭐야?"

그「이유가 뭐야?」의 뒤에「카토도 포함해서 말이야」라는 말을 붙이고 싶었지만, 일단 자중했다.

뭐, 대상을 이즈미로 한정한다면 카토도 솔직하게 이야기해줄 것이다.

왜냐하면 카토 본인의 속내는 들어 내지 않아도 되니까…… 아, 딱히 누구누구 씨가 음흉한 속내를 지니고 있다고 판단한 건 아니거든? 진짜거든?

"요즘 이즈미 양의 작업은 좀 어때? 캐릭터 디자인은 순조롭게 진행되고 있어?"

"시, 시나리오가 완성되지 않은 상태에서 진도를 쭉쭉 뺄 수 있을 리가 없지 않습니까?!"

카토가 날린 느닷없는 해시 태그『#작업의 진행 상황은 어떤가요』를 들은 순간, 내 목소리는 한 옥타브 올라갔다.

그것은 이즈미가 아니라 내가 맡은 작업의 진행 상황이 신통치 않기 때문이지만…….

"골든 위크 이후로 새로운 디자인을 한 장이라도 받았어?"

"……그 전까지가 지나치게 순조로웠던 것뿐이야."

그렇다고 이 질문에 담긴 본질적인 의미에 대해 청산유수처럼 대답할 수도 없었다.

"나도 서클의 공유 서버를 매일 확인하고 있지만, 어느 파일이나 거의 2주 동안 수정한 날짜가 바뀌지 않았어."

그렇다. 이즈미의 작업은 사실 완벽한 정체 상태다.

그것도『그날』이후로…….

골든 위크 마지막 날.

서클 멤버 전원이 내 방에서『필즈 크로니클 20th Anniversary』이벤트를 인터넷 생중계로 본 그날.

필즈 크로니클 최신작의 PV와 함께 캐릭터 디자인 담당인 카시와기 에리가 그린 키 비주얼이 공개되면서, 행사장의 흥분은 최고조에 달했다.

하지만 그 순간,『blessing software』멤버들의 반응은 그 열기와 반비례하듯 얼음물을 뒤집어쓴 것처럼 가라앉았다. ……뭐, 딱 한 명을 제외하고 말이다.

"이즈미가 에리리를 의식하고 있다는 거야?"

"본인은 내색하지 않지만 말이야."

그래도 헤어질 때는 웃으면서 손을 흔들었고, 그 후의 미팅에도 빠짐없이 참가하고 있다. 그래서 거의 신경 쓰지 않았던 것이다.

……아니, 함부로 신경 쓰지 않도록, 신경 썼다.

"하지만 상업 작품, 그것도 RPG에 대항해 봤자 아무 소용 없잖아. 그쪽은 그쪽, 우리는 우리라고."

"에리리는 에리리, 이즈미 양은 이즈미 양?"

"그래!"

어릴 적에 부모님에게서 그런 말을 듣고 마음속에 품고 있던 희망이 산산조각이 났었던 것을 의도적으로 머릿속에서 지우며, 나는 힘차게 주먹을 치켜들었다.

"나는, 나?"

"카토……."

"당연히 신경 쓰이지."

그런 나의 열의가 전해진 걸까. 카토가 눈썹을 살짝 찌푸리자, 그녀가 펼치던 철벽 스리백 전술의 오프사이드 라인이 미묘하게 흐트러졌다.

그 탓에 카토가 필사적으로 숨겨 왔던 자신의 본심이 아주 약간이나마 드러날 틈이 생기고 말았다.

그래서 나는 지금이 바로 에리리가 원하는 『개입』의 순간이라 판단했고…….

"어이, 카토……."

"응?"

"돈가스 샌드위치, 먹을래?"

"싫어. 남이 먹다 만 걸 어떻게 먹어."

"으, 응……."

차가워! 이 아이스커피, 무지막지하게 차갑다고!

제2장

모델로 삼은 게임은 없어요. 진짜라고요.

"부족한 구석이 많은 몸이지만, 잘 부탁드릴게요, 토모야 선배!"

"어이, 잠깐만! 그딴 소리를 하기 전에 일단 정보부터 정리하자! 응?!"

요일은 금요일.

시각은 오후 여덟 시경.

장소는 내 방.

그리고 내 눈앞에는…… 잠옷 차림으로 바닥에 조신하게 앉아 공손하게 고개를 조아리고 있는 이즈미가 있었다.

으음, 이렇게 눈앞의 정보만을 정리하니, 더 손쓸 수 없는 상황으로 치닫고 있는 것처럼 보이는데.

"부탁이에요, 선배……. 저에게 미소녀 게임의 진수를 주입해 주세요!"

"바로 그거야! 아까도 그렇게 말했으면 됐잖아!"

오늘 방과 후, 집으로 돌아갈 준비를 끝낸 내가 교정에 나와 보니, 누군가를 기다리고 있는 것 같은 표정을 짓고 있는 이즈미가 교문에 기대선 채 하늘을 올려다보고 있었다.

그리고 기다리고 있던 사람…… 즉 나를 발견한 그녀는 몇 년 만에 재회했을 때처럼 환한 얼굴로 나를 향해 뛰어오더니, 이렇게 말했다.

『저를, 어엿한 여자로 만들어 주세요!』

그 말이 『어엿한 여자(미소녀 게이머)로 만들어 주세요!』라는 의미라는 것은 그 순간을 목격한 이가 대부분 사라진 20분 후에야 판명되었다. 뭐, 그 사실이 방금 그녀가 입에 담은 발언과 마찬가지로 애수를 불러왔지만, 그건 일단 제쳐 두겠다.

아무튼, 이즈미는 이번 주말을 미소녀 게임에 바치기 위해 내 방에 왔다.

……잠옷과 세면도구, 그 외 『여자에게 필요한 용품』을 전부 챙겨서 말이다.

"한 번 더 묻겠는데…… 진짜로 가족에게 허락은 받은 거지?"

"예! 한 번 더 말씀드리자면…… 사실 이건 오빠가 제안한 거예요!"

"이오리가……."

나는 이즈미의 이 말을 무턱대고 믿을 수가 없었다.

이오리는 현재 『blessing software』의 프로듀서 겸 디렉터로서 서클의 스케줄 관리에 힘쓰고 있었다.

그런 녀석이 서클의 원화가와 시나리오 라이터의 주말 작업 시간을 통째로 날려버리는 제안을 했다는 게 도저히 믿기지 않았다.

게다가 일전에 카토가 지적했다시피, 이즈미의 캐릭터 디자인 작업은 요즘 들어 완전히 정체 상태였던 것이다…….

"저는 원래 여성향 게이머잖아요. 그러니 미소녀 게임은 사실 저한테 있어 홈그라운드가 아니에요."

"뭐, 『리틀랩』이 네 원점이니까 말이야."

하지만 이즈미의 설명을 듣고, 이오리가 오늘 아침에 서버에 올렸던 수정판 스케줄 표를 떠올린 나는 그녀의 말을 믿을 수밖에 없었다.

완벽하게 이번 주…… 아니, 다음 주 주말까지 캐릭터 디자인 스케줄이 잡혀 있지 않았던 것이다.

"그래서 히로인의 미묘한 표정 변화라든가, 미묘한 감정을 이해하지 못하는 걸지도 모른다고 오빠가 그랬어요."

"하지만 이즈미는 작년에 『rouge en rouge』에서 미소녀 게임을 만들었잖아?"

"맞아요~. 그러니까 괜찮다고 제가 말했지만, 오빠는 들은 척도 하지 않더라고요."

"그 녀석은 걱정도 팔자라니깐……."

그건 그렇고, 『여동생을 위해 일부러 스케줄 조정까지 했다』고 하면 미담처럼 들리지만, 사실 작업 기간에 빈 공간이 생겼을 뿐, 마감 자체가 미뤄진 건 아니다. 즉, 작업 기간이 압축된 것뿐이다.

……그 자식, 확 ○○버리겠어.

"그러니 정당하게 돈을 지불하고 플레이하는 정품 유저계제일의 미소녀 게임 마이스터로 이름 높은 토모야 선배가지금의 저에게 길잡이가 될 만한 미소녀 게임, 그리고 그걸즐기는 방법을 가르쳐주셨으면 해요!"

"그래…… 그래!"

뭐, 신참 프로듀서가 나에게 골치 아픈 문제를 떠넘긴 것같지만, 이즈미의 말대로 미소녀 게임 마이스터인 나는 동요하지 않고 힘찬 목소리로 대답했다.

그래도 한마디만 하자면, 정품 유저 운운은 하지 않는 편이 좋았을 것 같은데.

"그럼 이즈미……. 각오는 됐지?"

"예! 지금부터 48시간 동안 최선을 다할게요! 일요일 밤까지 논스톱으로 달리겠어요!"

"좋아!"

음, 내 사정 같은 건 전혀 고려하지 않는 이 뻔뻔함이 정말 좋군.

미소녀 게이머가 된 자, 이 정도 뻔뻔함이 없으면 히로인을 함락시킬 수 없다.

물론 3차원 여자애에게는 이 법칙이 적용되지 않으니 주의할 필요가 있다.

"이즈미……. 나는 지금부터 너에게 미소녀 게임의 위대함을 가르치는 악마가 되겠다! 열심히 쫓아오도록!"

"예, 인정사정 봐주지 않으셔도 돼요! 저를 위대한 미소녀 게임 세계의 수렁으로 끌어들여주세요, 토모야 선배!"

"그럼 그 플레이 시간에 걸맞는 초대작 미소녀 게임을 골라주지! 이즈미, 혹시 요구 조건 같은 건 없어?"

"으음, 오빠 말로는 우선 여자애가 귀엽고……."

"그건 미소녀 게임에 있어 기본 중의 기본이지. 절대 빠뜨려선 안 되는 거야."

"캐릭터가 전체적으로 데포르메 되어 있으며, 눈이 큼지막하고, 표절 의혹에 휩싸여도 괜찮으니 요즘 유행하는 화풍(畵風), 아, 그리고 가능하면 여성 원화가의……."

"으, 응……?"

"그리고, 히로인의 태도와 말투가 완전히 기호화되어 있고, 시나리오에 힘이 실리지 않았으며, 쓸데없이 텍스트가 길고, 대부분의 내용은 히로인과의 러브러브 묘사에 할애……."

"저기, 미소녀 게임에 경의를 표하고 있는 거지? 바보 취급하고 있는 거 아니지?!"

※　※　※

"저기, 이즈미."

"왜요? 토모야 선배."

현재 시각은 오후 열 시 직전.

텔레비전 모니터 앞의 테이블을 치우고, 바닥에는 게임기와 과자, 음료수를 늘어놓으며 『전투 준비』를 끝낸 후, 엄숙하게 게임기의 스위치를 켜고 약 한 시간이 지났다.

참고로 이번에 고른 게임은…… 아, 피치 못할 사정으로 타이틀은 비밀로 하겠지만, 원작은 아직 PC 미소녀 게임이 전성기였던 몇 년 전에 나왔던 게임이다. 당시 컨슈머계를 휩쓸던 쓰레기 이식 메이커의 마수를 피해 기적적으로 수준급 콘솔 이식에 성공한…… 아, 이 이야기는 하면 할수록 헤어날 수 없는 지경까지 빠져들 테니 이쯤 하겠다.

아무튼 조금 오래됐고, 그렇기 때문에 정통파이며, 어느 세대 미소녀 게이머라도 최대 공약수적으로 즐길 수 있는, 그런 누구에게나 사랑받는 작품이다.

"요즘 컨디션은 어때? 혹시 고민거리가 있다면 이야기해……"

"아, 으음, 『그, 그런 거 없어요! 하지만 켄지 선배는 항상 나를 지켜봐주는 군요……. 나나미, 감격했어요♪』아, 나나미의 호감도 게이지가 상승했어요, 선배!"

"……아니, 게임 텍스트를 읽은 게 아니라 현실 이야기를 한 건데……."

참고로 옛날 게임에 흔히 쓰였던 호감도 상승 시스템이 이 게임에도 탑재되어 있지만, 게임성과는 거의 관련이 없으니 안심해도 된다.

"캐릭터 디자인은 잘 진행되고 있어? 슬럼프에 빠지지는 않은 거야?"

"아, 아하~. ……그 이야기였군요."

다른 차원의 내가 게임 내용에 관해 장황하게 설명하는 사이, 현실의 나는 오늘 『자신에게 있어 본론』을 꺼냈다.

그렇다. 카토가 지적했던 『이즈미의 작업 진행 상황』에 대해서다.

"저기, 이즈미. 아까도 말했지만, 혹시 고민거리가 있다면 이야기……."

"선배도 참. 저한테 그런 끝내주는 게 있을 리가 없잖아요."

"그, 그래?"

"아~, 죄송해요! 그러고 보니 제가 요즘 들어서 서버에 디자인을 올리지 않았네요~."

하지만 카토와 내가 우려하던 것과 달리, 당사자인 이즈미는 평소와 다름없었다.

"아니, 그것도 그렇지만, 골든 위크 때……."

"예. 확실히 엄청나기는 했어요. 사와무라 선배의…… 카시와기 에리의 키 비주얼 말이에요."

"뭐, 그랬지."

그래도 이즈미는 그때 본 에리리의 그림에서 분명 뭔가를 느꼈다.

그것이 그녀의 작업을 중단시킨 거라면 그것은 심각한 사태다.

"그때, 분명 제 자신감이 뿌리까지 뽑혀 나가는 느낌이 들었어요……. 일러스트레이터로서 부정당한 듯한 느낌과 함께, 지금까지 제가 해 온 건 전부 뭐였지 하는 생각이 들 정도로 충격적이었어요……."

"이즈미……?"

이렇게 문자로 표현해보니 더욱 심각하고 무시무시한 느낌이 들었다.

하지만 이즈미는 개운한 표정으로 정면을 쳐다보더니, 눈을 치켜뜬 채 단호한 어조로 말을 이었다.

"그래도, 지고 싶지…… 않아요!"

"그, 렇구나……."

그렇기에, 그녀가 믿음직한 말을 입에 담을 거라고 예상할 수 있었다.

"정말~ 카시와기 에리가 미워 죽겠다니까요! 항상 제 앞을 막아서는 걸로 모자라, 항상 저보다 빠른 속도로 성장하잖아요~!"

"아니, 항상 그런 건 아닌데……."

"항상 그렇다고요! 그렇게 대단하면서도 어른스럽지 못한 데다, 저한테 시비를 마구 걸어 댄다고요~!"

"아니, 그건…… 뭐, 그 녀석이 어른스럽지 못한 건 사실이지."

두 사람의 그림을 비교하기 시작한 후로 1년이 다 되어 간다.

두 사람의 성장 속도와 실력, 그리고 『엄청남』의 순위는 쉴 새 없이 뒤바뀌고 있기 때문에 예측할 수가 없다.

그렇기에 당사자인 에리리와 이즈미 또한 서로의 실력과 성장 속도를 예측할 수가 없을 것이다. 그래서 서로의 그림을 두려워하고, 동경하며, 미워하는 거라고 생각한다.

"덕분에 지금은 의욕이 엄청 불타오르고 있어요……. 잡초의 끈질긴 생명력을 그 천재에게 보여주고 말 거라고요!"

그러니 평가 또한 서로에게 있어 정반대일지도 모르지만…….

뭐, 적어도 자신을 천재라고 믿는 사람보다는 훨씬 호감이 갔다.

"그럼 걱정하지 않아도 되는 거지? 나는 그냥 캐릭터 디자인을 기다리기만 하면 되는 거지?"

"걱정하지 마세요! 러프는 엄청 쌓였다고요. 그저 아이디어가 마구마구 샘솟아서 한 장도 완성시키지 못했을 뿐이에요~."

"그렇구나. 그럼 기대하고 있을게."

결국 카토와 내 걱정은 기우였던 것 같다.

이즈미가 지닌 크리에이터로서의 능력은 엄청나지만, 그녀는 아직 젊음을 잃지 않았다.

……이렇게 표현하면, 같은 고교생인 에리리가 화낼 것 같지만 말이다.

하지만, 크리에이터로서의 연령과 실제 연령은 다르다.

크리에이터의 연령은 경력으로 결정된다.

그림을 그리기 시작하고 10년 이상 지난 에리리와 달리, 이즈미는 아직 3년도 채 되지 않은 것이다.

그러니 아직 멈춰 설 줄을 모른다.

크리에이터로서 나이를 먹다 보면, 누구나 언젠가는 자신의 창조물에 의문을 가지며 손을 멈출 때가 찾아온다.

하지만 이즈미에게 그런 시기가 찾아오려면 아직 먼 것 같았다.

그것은 아직 미숙한 우리에게 있어 크나큰 강점이라고 생각한다.

"좋아. 그럼 지금은 밤을 꼬박 새면서 미소녀 게임을 즐기기만 하면 되겠네. 달려보자고, 이즈미!"

"아, 으음……『아, 예! 선배가 원한다면, 나나미는……. 아, 그래도, 부끄러우니까, 불은 꺼주세요……』."

"게임이란 건 불을 환하게 켜 놓고 텔레비전에서 멀찍이 떨어져서 플레이해야 하거든?!"

그리고 아직 공통 루트란 말이다.

※　※　※

나나미『좋은 아침이에요, 켄지 선배. 오늘도 날씨가 좋네요.』

"……(머엉~)."
"……."

나나미『아, 벌써 종이 울렸네요. 켄지 선배와 있을 때는 시간이 빨리 흐르는 것 같다니까요~.』

"……(방긋~)."
"……."

나나미『아, 켄지 선배. 왜 이렇게 늦은 거예요~! 30분이나 기다렸다고요~. 손이 이렇게 차가워졌잖아요.』

"……이 게임, 정말~ 좋네요~. 왠지 이 세계에서 나가고 싶지 않아요~."

"맞아~."

현재 시각은 밤 열두 시 반.

우리 둘은 미지근한 온천에 몸을 담그고 있는 것처럼, 게임 화면 안에서 시시각각 표정이 바뀌고 있는 스탠딩 CG를 황홀한 표정으로 멍하니 쳐다보고 있었다.

"캐릭터들이 하나같이 사이가 좋고, 다투지 않는 데다, 누군가가 위중한 병에 걸리거나, 골치 아픈 집안 문제를 안고 있지도 않아요……."

"스포일러를 조금만 하자면, 아무도 죽지 않을 뿐만 아니라 느닷없이 약혼자 같은 게 튀어나오지도 않아~."

게임을 시작하고 세 시간 정도 지나자, 게임 안에서도 두 달 이상 지났다.

하지만 게임 안에서는 공통 루트의 뜨뜻미지근한 화기애애한 이벤트가 놀라울 정도로 담담하게 벌어지고 있었다.

"캐릭터간의 대화도 밍밍한 데다, 전원이 모인 자리에서의 대화 장면도 전부 거기서 거기네요."

"그거 칭찬이야? 이즈미 너, 이 게임을 즐기고 있는 거 맞지?"

"하지만 무엇보다 나나미 양이 너무 귀여워요!"

"맞아! 정말 귀엽다니깐~."

그리고 그런 뜨뜻미지근한 전개 속에서, 이즈미는 후배 히로인인 와타세 나나미를 계속 공략했다.

와타세 나나미, 주인공들이 다니는 사립 유니버설 학원이라는, 무심코 표정이 굳어버릴 것 같은 이름을 지닌 학교의 1학년이다.

씩씩한 노력가고, 약간 어벙한 구석이 있으며, 분위기 파악을 못하는 편이기는 하지만, 그런 점도 매력적이었다.

"저기, 선배. 저는 이 울먹이는 스탠딩 CG가 마음에 들어요~."

"그 마음은 충분히 이해가 돼~."

하지만 매뉴얼에 실려 있다는 것 이외에는 전혀 의미가 없는 세세한 설정 따위는 아무래도 상관없다.

CG로 그려진 얼굴도, 성우가 열연한 목소리도 귀여운 데다, 주인공을 진심으로 사랑해주기까지 하는 것만으로도, 그녀는 정의 그 자체인 것이다.

"아~. 진짜로 좋네요. 딱히 재미있지는 않지만 진짜 모에해요~. 지루하지만 마음이 치유되는 것 같아요~."

"즐겁게 플레이하니 기뻐. 그래도 칭찬 멘트에 신경을 좀 쓰자, 이즈미~."

※　※　※

그리고 그 후로 한 시간…….
우리는 여전히 뜨뜻미지근한 공통 루트에 푹 빠져 있었다.

치나츠 『안녕, 켄지. 오늘도 날씨가 좋네.』

"……(울컥)."
"……."

치나츠 『아, 종이 울렸으니 자리로 돌아가야 해……. 있지,
켄지. 점심시간은 왜 이렇게 짧은 걸까?』

"……(발끈)."
"……."

치나츠 『켄지, 왜 이렇게 늦은 거야……. 엄청 기다렸잖아.
귀가하는 애들이 계속 쳐다봐서 완전 부끄러웠다구.』

"……아아아아아! 치나츠라는 이름의 이 소꿉친구, 진짜
로 짜증 덩어리네요~!"
"대체 너한테 무슨 일이 있었던 거냐아아아아앗~?!"
대사가 거의 재활용…… 꽤나 범용성이 넘치는 것들인데,
왜 이런 반응을 보이는 거지?

"그야 이 치나츠라는 소꿉친구가 아침에 주인공을 깨우러 와서 아침밥도 같이 먹어 놓고, 학교에서까지 이렇게 들러붙 잖아요!"

"아니, 집이 가깝고, 같은 반인 데다, 메인 히로인이니 까⋯⋯."

"메인 히로인의 비중이 가장 커야만 한다는 법이라도 있나 요? 학교에서는 나나미 양에게 비중을 양보하란 말이에요~!"

마나카 치나츠, 사립 유니버설 학원 2학년.

주인공, 카미야 켄지와 같은 반이자 그의 옆집에 사는 소 꿉친구.

일 때문에 해외부임을 한 켄지의 부모님을 대신해 그를 돌 봐주는 약간 오지랖 넓은 여자애.

게다가 학교에서 가장 귀엽다고 소문난 미소녀.

그뿐만 아니라 주인공에게 일편단심.

메이커의 공식 캐릭터 인기투표에서도 2위를 가볍게 따돌 리며 당당히 1위를 한, 그야말로 플레이어의 『이랬으면 좋겠 다』를 응축한, 메인 히로인 오브 메인 히로인인 것이다.

"하, 하지만, 주인공과 다른 히로인의 연애를 방해하지도 않으니까, 그렇게 신경 쓸 것까지는⋯⋯."

하지만 이 게임은 아까도 몇 번이나 말했다시피 뜨뜻미지 근 모에 게임이다.

그렇기 때문에 그녀가 다른 히로인을 공략할 때 불쑥 튀어나와서 삼각관계를 형성하거나, 몸으로 유혹해 주인공을 자신의 것으로 만들려고 하거나, 전용 퇴짜 삽입곡에 맞춰 눈물을 흘리지는 않는다.

"그렇게 옹호해 봤자, 짜증 나는 캐릭터라는 점에는 변함이 없다고요……!"

"으, 으음 약간 스포일러를 하자면 말이지. 다른 히로인과의 개별 루트에 들어가면, 치나츠는 주인공과 히로인을 따뜻하게 지켜봐주거나, 때때로 적절한 조언을……."

"그래서 더 싫은 거예요! 자기가 정실부인이라고 뻐기는 것 같다고나 할까, 『켄지를 이해하는 건 나뿐이야』 하는 느낌이 진짜로 마음에 안 들어요……!"

"그, 그래……?"

그리고 나와 이즈미는 기나긴 협의 끝에, 옵션에 있는 『아직 읽지 않은 부분 스킵』 항목을 활성화시켰다…….

※　※　※

나나미 『아, 예! 선배가 원한다면, 나나미는……. 아, 그래도, 부끄러우니까, 불은 꺼주세요…….』

"……(꿀꺽)."

"이, 이야~. 이 대사를 용케도 남겨 뒀네~. 보통은 전체 이용가로 이식할 때 자르는데 말이야."

이러쿵저러쿵하는 사이에 오전 세 시가 지났을(게임 안에 서는 넉 달이 흘러갔다) 무렵, 드디어 이즈미의 염원대로 나나미의 개별 루트에 돌입했다.

사귀기 시작하고 한 달(오전 네 시)이 지났을 즈음, 드디어 섹…… 러브러브 신에 돌입한 것이다.

나나미『케, 켄지 선배…… 저기, 선배도, 눈, 감아요~.』

"……(부들부들부들)."

"마, 맞다! 이렇게 눈을 감은 채 고개를 들고 있는 CG가 한때 유행했었지~! 유저가 화면을 향해 얼굴을 내민 순간, 화면이 어두워져서 자기 얼굴이 비치면 진짜 죽고 싶어진다니깐~."

여자애와 같이『한다면』몰라도 여자애와 같이『보는 건』좀 그런 장면이 나오자, 나는 남자들끼리 AV 감상회를 할 때처럼 갑자기 말이 많아졌다.

뭐, 남자애들을 모아서 AV 감상회 같은 걸 한 적은 없지만 말이다.

그러고 보니 예전에도 여러 여자애에게 이런 장면의 플레이를 강요…… 아니, 추천한 적은 있다. 하지만 그녀들은 멍하니 넘겨버리거나, 완전 질색을 했기에 거북한 느낌을 받지 않았다.

하지만 이즈미가 너무 진지하게 몰입하니, 그러니까, 뭐랄까……

나나미 『이제 켄지 선배는 제 것…… 저는 선배의 것, 이네요……. 후후. 후후후.』

"아아아아아아아아~, 완전 모에 그 자체야아아아아아아아아아아아아아아아아아아아~~~!"

"우와아아아아앗?!"

그리고 이즈미는…… 결국 한계를 넘어섰다.

"귀여워! 사랑스러워! 가슴이 쿵쾅거려! 저기, 선배! 방바닥을 좀 굴러다녀도 될까요~?!"

"저기, 이미 굴러다니고 있거든?! 쿵쾅 소리가 나게 굴러다니고 있거든?!"

컨트롤러를 쥔 채 방바닥을 굴러다니면서 괴성…… 아니, 환성을 지르고 있는 이즈미는 나나미의 처녀 상…… 연애 성취를 자기 일처럼 기뻐했다……라는 식으로 말을 골라 가면서 표현해봤다.

"므흐흐흐흐~. 아아~ 정말. 이제 현실 세계로 돌아가지 못해도 괜찮을 것 같아요~."

"이, 이즈미……."

지금까지 그 누구에게도 보여준 적 없을 듯한 엄청난 리액션을 취하고 있는 이즈미를 본 나는 말문이 막혔다.

하지만 어이가 없거나, 공포에 휩싸였거나, 완전히 질려서 그런 것은 아니다.

왜냐하면, 나는 이런 리액션을 취하는 녀석을 알고 있기 때문이다…….

내가 직접 두 눈으로 본 적은 없지만, 분명 나를 아는 사람이라면 이런 광경을 본 적이 있을 것이다.

그렇다. 그 녀석은…….

"그렇지?! 그렇지?! 나나미, 진짜로 모에하지?!"

바로 나다.

"완전 모에의 극치예요! 결혼했어요! 저, 나나미 양과 결혼했어요!"

"축하해……. 결혼 축하해, 이즈미!"

"고마워요, 토모야 선배!"

마음속에서 맹렬하게 끓어오르는 동질감에 휩쓸린 채, 나는 이즈미와 악수를 나눴다.

그렇다. 지금의 이즈미는 그야말로 나다.

빈말이 아니라, 나에게 버금갈 정도의 초절정 포지티브 망상 오타쿠인 것이다.

그렇다면 봐줄 필요는 없다…….

"하지만 이즈미. 이 정도가 이래서야 앞으로 벌어질 전개를 버텨 내질 못할걸?"

"그, 그렇게 엄청난가요?!"

"당연하지. 이건 첫 섹…… 러브러브 신 후에 엔딩을 맞이
하는 에로 결핍…… 아니, 모에 결핍 게임이 아냐! 이제부터
몇 번이나 같은 CG와 텍스트를 재활용한 에로 신…… 러브
러브 신이 펼쳐진다고! 너는 그걸 전부 버텨 낼 각오가 돼
있어?!"

"걱정하지 마세요! 죽어라 방바닥을 굴러다닐 각오라면 되
어 있어요!"

"말 한번 잘했어! 그럼 다음부터는 나도 굴러다닐 거야!
각오해, 이즈미!"

"선배야말로 열심히 따라오세요!"

"그건 내가 할 말이야아아아아아~!"

부끄러운 나머지 해설만 하고 있었던 아까까지의 나 자신
이 한심했다.

혼자서 플레이했다면, 나도 이즈미와 같은 짓을 했을 것
이다.

그렇다면, 둘이서 같이하면 그야말로 최강일 게 틀림없
다…….

나나미 『저기, 선배~……. 아직 해가 뜨려면 멀었잖아요
~? 그러니까, 한 번 더, 어때요?』

““아아아아아아아아아아아아아아아~~~~~!!!””

※ ※ ※

나나미 『케, 켄지 선배…… 저기, 선배도, 눈, 감아요~.』

“……(하암~).”

“…….”

“……저기, 선배.”

“……응~?”

“……이 장면, 이걸로 몇 번째예요?”

“다섯 번째부터는 세는 걸 포기했어…….”

그리고, 토요일 오전 여섯 시.

하늘이 희미하게 밝아 오고, 밖에서 참새와 비둘기 울음 소리가 들려오며, 마을이 깨어나기 시작할 즈음…….

“슬슬 나나미 양의 말마따나 현실에서도 눈을 감아버릴 것만 같아요~.”

“그러니까 내가 아까 말했잖아. 같은 신이 몇 번이나 반복

된다고 말이야~."

나나미 개별 루트는 여전히 계속되고 있었다.

아침에 나나미가 주인공의 집으로 마중을 오면, 손을 잡고 함께 등교한다. 그리고 학교에 도착하면 친구들에게 놀림을 당하고, 점심시간에는 옥상에서 그녀가 직접 만든 도시락을 「아~」 하면서 먹는 것이다. 그리고 방과 후에는 주인공의 방에서, 밤이 깊어 그녀가 돌아가야 할 때까지 『단둘만의 시간』을 보낸다.

……그런 다람쥐 쳇바퀴 도는 듯한 일상이 거의 한 달 동안 계속되고 있었다. 물론 게임 속 시간으로 말이다.

"그런데 이제 얼마나 진행한 건가요?"

"미묘하게 스포일러 좀 하자면, 이렇게 똑같은 일이 반복되는 나날이 한 달 정도 더 계속되다가, 『그리고 몇 년 후』라는 표시가 뜨더니 순식간에 엔딩……."

"아~, 더는 말 안 해도 돼요~. 적어도 두 시간은 계속된다는 걸 안 것만으로도 배가 터질 것 같거든요."

"힘내, 이즈미……."

"뭐, 행복하니 괜찮지만요~."

"그래~."

그리고 공통 루트와는 비교도 안 될 만큼 뜨뜻미지근함의 극치인 이 개별 루트에 오랫동안 빠져 있었던 결과, 이즈미는 완전히 늘어지고 말았다.

침대에 기대고 있던 그녀는 흘러내리듯 서서히 미끄러지더니, 방바닥에 벌러덩 드러누운 듯한 자세가 되었다.

　"이제 섹…… 러브러브 신의 대사를 전부 외워버렸어요~."

　"뭐, 대사 자체는 많지만 패턴이 얼마 안 되거든~."

　이즈미의 눈꺼풀은 나나미의 말에 따르듯 반쯤 감겼기에, 화면을 제대로 쳐다보고 있는지도 알 수 없었다.

　"어이, 이즈미~. 게임 진행해~. 48시간 동안 논스톱으로 열심히 하겠다고 했잖아~."

　그리고 결국 이즈미는 컨트롤러를 놓치고 말았다.

　"무슨 소리를 하는 거예요, 선배. 하고 있다고요~."

　"거짓말~."

　"진짜라니까요~."

　텔레비전 화면의 메시지 윈도우는 꼼짝도 하지 않았고, 미묘하게 무드 있는 BGM만이 끝없이 들려왔다.

　"나나미 양의 대사가 안 들리잖아~."

　"무슨 소리를 하는 거예요. 들리잖아요~."

　이즈미는 어리광을 부리는 듯한 목소리로 반론했다. 하지만 고개조차 들지 못한 채 바닥에 뻗어 있는 그녀에게서는 부활할 기색이 눈곱만큼도 느껴지지 않았다.

　"잘 거면 침대에서 자거나, 담요라도 덮어~."

　아무래도 미소녀 게임 48시간 마라톤은 일시 중단 할 수밖에 없을 것 같았다.

나는 이즈미에게 덮어줄 담요를 벽장에서 꺼내기 위해 몸을 일으켰…….

"『선배~, 좋아해요. 진짜로 좋아해요』."

"어……?"

그리고 게임 재개를 알리는 음성이 들려왔다.

"『으, 그래요……. 꼬옥~, 끌어안아, 주세요』."

"이…… 이즈미?"

하지만 그 목소리는 텔레비전 스피커에서 흘러나온 것이 아니었다.

그리고 그 목소리는 나나미 담당 성우의 음성이 아니었다.

"『선배, 따뜻해요……. 그리고, 좋은 냄새가, 나요~』."

"자, 잠깐만?!"

그 너무나도 달콤한 목소리가 들려오는 장소…… 내 옆에 뻗어 있는 이즈미를 내려다보니, 그녀는 바닥에 엎드려 있었다. 하지만 그녀의 손은 내 셔츠를 움켜쥐고 있었다.

"어때요~. 게임 계속하고 있죠~?"

"아……."

즉 이건 이즈미의 변명이다.

"그럼 계속 해볼게요~……. 『저기, 선배. 저희, 이걸로 몇 번째일까요? 몇 번이나 이렇게 포옹을 나눴을까요?』"

화면(이 아니지만)에서 나나미의 대사가 흘러나오고 있다고……

자신은 잠들지 않았다고, 방금 자기 입으로 말한 것처럼 게임을 계속하고 있다고……

그렇게, 변명하고 있는 것뿐이다.

……그리고 그 변명은 너무나도 물러 터졌다.

"『예? 토모야 선배』."

"잠깐, 토모야 선배가 아니라 켄지 선배 아냐?!"

"차암, 다음 대사는 『이리 와, 이즈미』잖아요."

"아니거든?! 하다못해 『이리 와, 나나미』라고 해라!"

"우후후~, 알았어요~♪"

"우, 우왓……."

이즈미는 좀비처럼 손을 쭉 뻗더니, 반쯤 일어선 나를 끌어당겨서 바닥에 앉혔다.

그리고 바닥에 주저앉은 내 무릎 위에 자신의 머리를 얹었다.

그뿐만 아니라 그대로 고개를 흔들면서 내 무릎에 자신의 얼굴을 묻었다.

그 결과, 내 무릎 아래 부분은 부비부비, 말랑말랑 같은 표현이 어울릴 것 같은 감촉에 휩싸였고, 나는 이제 일어서지도, 주저앉을 수도, 아니, 꼼짝도 할 수 없는 상태가……

"『저기, 선배…… 머리 쓰다듬어주세요~. 빨리요~』."

"뭐, 뭐어……?!"

솔직히 말해 이즈미가 알면서 이러는 건지, 아니면 비몽사몽 상태에서 이러는 건지 감이 오지 않았다.

『착하다, 착해, 하면서 쓰다듬어달란 말이에요~』

그렇다. 나는 이게 대체 어떻게 된 건지 감조차 오지 않았다. 유일하게 아는 거라면…….

"차…… 착하다, 착해애애애애애애애애애애……."

어리광쟁이 후배 최강…… 아니, 후배 캐릭터 최강.

배신도, 약탈애도, 집단 괴롭힘도, 그 어떤 근심 걱정도 없는 러브러브 최강.

※　※　※

"……으음. 안녕, 아키 군."

"……안녕, 카토."

"…………(쿠울, 쿠울~)."

토요일, 오전 열 시.

해가 완전히 떠오르고, 마을도 다시 숨쉬기 시작하며, 본격적인 주말이 시작되려던 무렵.

"어젯밤에 이즈미 양한테서 게임 실황 중계 같은 메시지가 와서, 노고 치하 및 격려라도 할까 싶어 온 건데……."

"그렇구나. 고마워."

"⋯⋯⋯⋯⋯(쿠우우우울~)."

화면 안에서는 눈을 감은 채 꼼짝도 하지 않는 나나미와, 스피커에서 끝없이 들려오는 미묘하게 무드 있는 BGM.

그리고 현실에서는 눈을 감은 채 꼼짝도 하지 않는 이즈미와, 그런 그녀에게 하반신을 꽉 잡힌 탓에 꼼짝도 못하는 나.

마치 시간이 정지된 듯한 내 방에 다시 생기를 불어넣은 것은, 자연스럽게 남의 집에 들어오더니 거리낌 없이 내 방의 문을 열어젖힌 방문자^{카토}였다.

"그리고, 이 상황은⋯⋯."

"자초지종은 이즈미가 깨면 본인에게 직접 들어. 나는 변명 안 할 거야."

"⋯⋯(쿠울~)."

"너무 태연자약하니까 거꾸로 미심쩍네."

"어차피 내가 실수를 저질렀을 거란 생각은 눈곱만큼도 안 하잖아?"

"저질렀어?"

"⋯⋯아니."

"응. 그럴 줄 알았어."

"그랬구나."

"⋯⋯(므흐흐~)."

나의 2차원에 대한 사랑이 얼마나 깊은지 알기 때문일까, 아니면 내가 3차원에서는 여자를 건드리지 못하는 겁쟁이라고 단정 짓고 있기 때문일까…… 뭐, 십중팔구 후자일 것이다.

"하지만 카토……. 나는 오늘 매우 중대한 사실을 눈치챘어. 아니, 눈떴다고."

"흐음. 아, 맞다. 아키 군이랑 이즈미 양 아직 아침 안 먹었지?"

"……내가 무엇에 눈떴는지 안 물어볼 거야?"

"아, 물어봐주길 원했던 거야? 그럼 물어본 걸로 치고 말해봐."

"역시 강아지 타입 후배 히로인은 귀여워……. 그건 2차원에서도, 3차원에서도 마찬가지야……!"

"참, 샌드위치를 만들어 왔으니까 슬슬 이즈미 양 깨워서 아침 먹자."

"카, 카토 양?! 꼭 나를 겁쟁이로 단정 지어야겠습니까?!"

제3장

비중은 적지만 강렬한 인상을 남겼다……고 생각하고 싶다.

"안녕~, 토모~. 들어갈게~."

※　※　※

시즈루 『안녕, 켄지. 자아, 일어나! 오늘도 날씨가 좋다구~.』

"……(울컥)."

"……."

"……."

토요일, 오후 일곱 시 이후.

해가 지고, 공기가 서늘해졌으며, 마을에 서서히 정적이 감돌기 시작했을 무렵…….

시즈루 『아, 종이 울렸어. 자리로 돌아가야겠네……. 으~,

켄지랑 계속 같이 있고 싶은데~!』

"……(짜증)."

"토모~. 놀러 왔어~. 어, 오늘도 다들 모여 있네~."

"미치루?"

"아, 효도 양. 어서 와."

우리 셋이 여전히 게임 삼매경에 빠져 있을 때, 몇 시간 만에 새로운 방문자가 이 방에 나타났다.

그 방문자는 바로…….

시즈루 『켄지, 돌아가자! 있지, 오늘 저녁에는 카레가 먹고 싶어~. 저기, 켄지가 치나츠한테 부탁 좀 해주라~. 응~?』

"……아아아아아, 히든 히로인인 이 사촌, 진짜 짜증 나네요~!"

"우왓, 하시마 양, 갑자기 무슨 소리를 하는 거야?!"

"또냐……."

"이즈미 양, 이제 그만 돌아가는 편이 좋지 않을까?"

그렇다. 그 방문자는 우리 서클에 소속된 동료이자, 내 사촌이며, 히든 히로인……은 아닌 미치루였다.

"뭐? 게임의 히든 히로인? 그건 또 뭐야?"

"그게 말이지. 약간 복잡한 사정이 있다고나 할까……."

카미야 시즈루. 게임 2회차 이후에 특정 조건을 만족시키면 사립 유니버설 학원으로 전학 오는 2학년.

주인공, 카미야 켄지와 같은 반이자 사촌.

그녀의 부모님도 켄지의 부모님과 마찬가지로 해외부임을 가게 되었고, 양쪽 부모님의 『합리적인 판단』에 따라 켄지네 집에서 동거하게 된, 약간 뻔뻔한 구석이 있는 여자애.

게다가 스포츠 만능이라 순식간에 학교 전체에서 화제가 된 인기인.

또한 누구와도 친하게 지내지만 실은 주인공에게 일편단심.

그야말로 플레이어의 『이랬으면 좋겠다』를…… 아~. 이제 그만할래. 이 게임에 나오는 캐릭터는 하나같이 그러니까 말이야.

"제 말 좀 들어봐요, 미치루 씨! 이 시즈루라는 이름의 사촌이 정말 너무하다고요! 느닷없이 불쑥 전학을 오더니, 집에서나 학교에서나 소꿉친구인 치나츠보다도 켄지 선배에게 더 찰싹 붙어 다녀요! 진짜 짜증나서 미칠 지경이에요!"

아무튼, 주인공으로서는 환영해 마지않겠지만, 후배 히로인인 나나미로서는 아마 환영할 수 없을 히든 히로인의 등장에 이즈미는 뚜껑이 열리고 말았다.

"……흐음~. 그렇구나~. 선배와 사이가 좋은 사촌 때문에 짜증이 난 거구나~. 하시마 양은 항상 그렇게 생각한다 이지~."

"아~, 이즈미는 그저 시즈루에게 화가 난 것뿐인데……."

지나치게 뚜껑이 열린 나머지 전혀 상관없는 미치루에게도 화를 내고 있지만 말이다.

그렇다. 전혀 상관없지만, 내 사촌이고, 항상 불쑥 내 방에 나타나는 데다, 약한 뻔뻔한 구석이 있는 미치루에게…… 저기, 진짜로 상관없는 거 맞지?

하지만 이즈미보다 두 살 연상인 미치루는 자신을 향해 분노를 터뜨리는 이즈미에게 도발하지도, 반론을 하지도 않았다. 그저…….

"그건 그렇고…… 그 사촌 캐릭터는 같은 학교로 전학 오는구나……. 그거 참 부럽…… 짜증 나겠네~."

"그렇죠?! 미치루 씨도 그렇게 생각하죠?!"

"……미치루?"

왠지 미묘하게 가라앉아 있었다…….

어라. 왜 저러는 거지?

※　※　※

토요일, 오후 아홉 시 직전.

해가 완전히 지고, 공기가 약간 서늘해졌으며, 마을이 완전히 정적에 감싸였을 무렵…….

"그럼 잘 있어, 아키 군. 미치루 양."

"신쎄 마니 져떠요~. 또모 선빼~."

"잘 가, 카토. 하시마 양~."

"……카토, 이즈미를 잘 부탁해."

후배 캐릭터 나나미에게 지나치게 몰입한 나머지 두 번째 캐릭터 공략 도중 마음이 꺾이면서 배터리 방전 상태가 된 이즈미는 당초 예정을 하루 앞당겨 귀가하기로 했다.

"그럼 가자, 이즈미 양. 내가 집까지 데려다줄게."

"고, 고마버요~. 메구미 씨이……. 아, 저희 집에서 차라도 한 잔하고 가세요~."

"아, 지금 시간대면 너희 오빠가 있을 것 같으니까 싫…… 아, 가족분들이 계실 것 같으니까 사양할게."

"……카토?"

카토에게 부축받고 있는 이즈미는 귀엽게 비틀거리면서 내 시야에서 사라졌다.

참고로 카토도 같이 사라졌지만, 오늘은 평소보다 스텔스 성능이 더 끝내줬기 때문에 애초에 없었던 것 같은 느낌이 들었다.

"그건 그렇고, 매주마다 여자애를 집으로 끌어들이기는 ~. 현실에서도 토모 하렘이 착착 완성되어 가고 있잖아~."

"……이건 게임 합숙이야. 이즈미는 내 방이 아니라 사립 유니버설 학원에 있었다고."

"그런데 왜 게임에 나오는 학교이름은 그렇게 대충 짓는 거야?"

"게임 제작자들이 현실에서 대충 살고 있는 너한테 그런 말을 들은 걸 알면 고개도 못 들겠다……."

두 사람이 시야에서 완전히 사라질 때까지 손을 흔든 후 현관문을 닫자, 미치루는 경쾌한 발걸음으로 계단을 올라가면서 평소처럼 나를 놀렸다.

그리고 나는 경쾌하게 흔들리고 있는 엉덩이와 허벅지에서 고개를 돌린 후, 노출도 높은 복장을 한 미치루에게 평소처럼 불평에 가까운 반론을 늘어놓았다.

"그것보다 토모. 이러다가 지난번처럼 또 서클 크래시가 발생해도 나는 몰라. 뭐, 나는 마음이 넓고, 누구누구 씨와는 다르게 너를 압박하지도 않을 거니까 아무래도 상관없지만~."

"아니거든? 인간관계 때문에 그렇게 된 게 아니거든? 서클의 방향성 차이 때문에 그렇게 됐거든?! 그리고 누구누구 씨는 대체 누구야?!"

그리고 『음악성의 차이』 같은 것 때문에 해산하는 밴드 자식들에게 그런 말을 듣고 싶지는 않아…….

"그런데, 너는 결국 뭘 하러 온 거야?"

"그야 서클 활동을 하러 왔지. 신작 게임의 BGM과 밴드의 신곡을 만들까 해서 말이야~."

"그딴 건 너희 집에서 해……."

"무슨 소리야~. 게임에 쓸 노래니까 게임을 모르면 만들 수가 없잖아. 그래서 여러모로 가르침을 받으려고 온 거야~."

카토와 이즈미를 배웅하고 방에 돌아오니 미치루가 드디어 본성을 드러내면서(뭐, 평소에도 숨기지 않지만), 이 방의 주인인 양 침대를 차지하고 앉아 기타를 치기 시작했다.

"하지만 아직 시나리오를 한 줄도 쓰지 않아서, 딱히 가르쳐줄 게 없는데……."

"플롯이라는 게 완성됐다고 전에 말하지 않았어? 그것만 있으면 BGM에 관한 지시를 내릴 수 있다고 들었는데."

"그건 그렇지만……."

게임이나 애니메이션, 드라마와 영화 BGM에서 배경 음악이라 불리는 것들은 영상이 완성된 후에 그것에 맞춰 만들어지는 게 아니다.

우선 기획 및 시나리오 단계에서 어떤 장면에서 어떤 분위기의 음악이 필요한지를 기획에 관여하는 사람들이 정한다. 그리고 음악 담당에게 그 장면의 이미지를 전달하면서 음악 발주를 하는 것이 일반적이다.

그러니 미치루의 말은 지극히 타당하다. 그리고 그 원칙이 무너져 BGM이나 이벤트 CG나 배경 등의 발주를 하지 못한 탓에 그 후의 작업 진행이 엉망진창으로 붕괴되는 사태를 초래한 장본인은 바로……. 아, 뭐, 그런 건 이제 아무래도 상관없지.

아, 아무튼…….

"그런데 미치루 너, 어느새 게임 제작에 대해 꽤 해박해졌다?"

"뭐? 아, 그게…… 그래 보여~?"

그렇다. 미치루는 게임 제작의 본질을 파악할 수 있을 정도로 성장했다.

배경 음악에 관한 지식을 쌓는 걸로도 모자라 초반 단계부터 진지하게 게임 제작에 참가하려 하고 있는 것이다. 게임을 뿅뿅이라 부르고, 오타쿠를 다른 차원의 생물로 여기던 예전의 미치루와는 그야말로 딴사람 같았다.

"아~, 그게 말이지, 이제부터는 토모의 파트너로서 활동할 거니까 공부를 좀 해 둬야겠다고 생각했거든."

"미, 미치루…… 너란 녀석은……."

그래. 성장했구나…….

몇 달 전, 우리의 『blessing software』는 서클 크래시……아니, 서클의 방향성 차이 때문에 큰 변화를 맞이했다…….

에리리가 빠지고, 우타하 선배가 빠졌다.

그리고 이즈미와 겸사겸사 이오리가 들어온 것이다.

그렇게 우리 서클에는 극심한 변화만이 벌어진 것 같았으나…….

실은 『변화』만이 아니라, 『진화』의 싹 또한 분명 싹트고 있었다.

우리의 『blessing software』는 분명 예전과는 다르다.

예전보다 더 엄청난 서클이 됐다…….

"자아. 그러니까 빨리 BGM 관련 지시서를 줘, 토모. 스케줄대로 진행되고 있다면 그건 이미 완성됐을 거 아냐?"

"미안합니다, 정말 죄송합니다. 두 시간만 더 기다려주세요~!"

뭐, 내가 담당하는 기획 및 시나리오 파트를 제외하고 말이다.

※　※　※

시즈루 『케, 켄지…… 진심, 이야? 진짜로 나를, 원하는 거야?』

"으음, 템포는 이런 느낌이면 되겠지…….'

"……."

이러쿵저러쿵하는 사이, 오후 열 시가 되었다.

시즈루 『자, 잠깐만, 켄지……. 너, 지금 눈이 짐승 같거든?』

"키는…… 으음, 아냐. 좀 더 낮추는 게……."

이즈미의 게임 합숙으로 시작된 참기 레이스 같은 서클 활동은 미치루의 작곡 합숙으로 바통 터치 되면서 만 하루를 맞이하려 하고 있었다.

……참고로 나는 금요일 아침부터 약 40시간 동안 연속 가동 중이다.

시즈루 『아, 아하하……. 해버렸네. 우리는 친척인데…… 켄지는 정말 나쁜 애라니깐～.』

"……저기～, 토모."

"윽…… 왜, 왜 그래?!"

"지금부터 두 패턴 정도 연주해볼 테니까, 어느 쪽이 좋은지 골라주지 않을래?"

"아, 안 그래도 돼. 그냥 둘 다 만들어줘. 양쪽 다 쓸지도 모르거든."

그리고 그런 상태인 탓에 『두 시간만 기다려 달라』는 약속을 지킬 수 없다는 사실을 자각한 나는 그 사실을 미치루에게 솔직하게 고백하며 서클 활동을 연기해달라고 부탁했다.

하지만 미치루는 『그럼 이 게임에 나오는 비슷한 신을 보여줘』 하고 말했다. 그리고 아까까지 이즈미가 플레이하던

모 시판 미소녀 게임의 섹…… 러브러브 신을 참고하며 곡을 만들기 시작한 것이다.

하지만…….

"그런데, 토모."

"이번에는 또 무슨……."

"너, 왜 아까부터 새된 목소리를 내고 그래?"

"벼, 별다른 이유는 없거든?!"

샘플 삼아 이 히로인의 이 장면을 사용하는 게 여러모로 문제였다.

뭐, 딱히 히로인이 사촌이라든가, 털털한 여자애와의 될 대로 되라는 식의 장면이라든가, 두 사람이 친척 사이라는 걸 암시하는 대사가 자주 나온다든가, 그런 게 문제가 아니라…….

"얘~, 왜 그러냐구~."

"큭……."

그렇다. 아니다.

딱히 이 작품에 나오는 사촌 히로인 시즈루가 맨발로 주인공의 등을 톡톡 찔러 댈 듯한 여자애라서 문제인 것은 절대 아니다.

"아하하하하하~. 이 시즈루라는 애, 정말 괜찮네~. 인생 최대의 실수랄까, 함정이랄까, 그런 『골라선 안 되는 애』 같은 느낌이 정말 끝내줘~."

"······다른 사람도 아니고 당신이 그런 소리를 하는 건가요."

······응. 선택지를 잘못 골랐단 걸 인정할게.

하다못해 나나미와의 러브러브 신을 샘플로 삼을 걸 그랬어.

"으음~. 하지만 이래서야 미묘하게 무드 있는 곡에 불과한데."

"뭐, 그게 러브러브 BGM의 딜레마라는 거야."

미치루는 발끝으로 내 등을 찔러 대면서도, 손가락으로는 기타를 연주하며 작곡에 힘쓴다는, 신체적으로도 정신적으로도 꽤나 난이도가 높은 짓을 하고 있었다.

"좀 더 장난스럽게 가볼까······. 그래, 8비트 리듬으로 하는 건 어떨까."

"그러면 분위기가 박살나버릴 거다······."

그리고 러브러브 신에서 8비트는 좀 그렇잖아. 대체 얼마나 빠르게 반복운동을 하고 있길래.

"잘 들어, 미치루. BGM이라는 건 그 자체만으로 부각되어서는 안 돼. 어디까지나 장면을 살리기 위한 종속적 요소로서, 영상과 스토리에 녹아들어야만 한다고."

"약속했던 기한까지 그 장면이라는 걸 지정해주지 못한 시나리오 라이터께서 무슨 소리를 하시는 걸까~."

"아얏."

아까까지 내 등을 쓰다듬고 있던 발끝이 이번에는 내 뒤통수를 가볍게 때렸다.

사실 여자애에게 이렇게 당하고만 있는 것은 일반적으로 볼 때 매우 굴욕적인 일이지만, 내 잘못이 명백하기에 화를 낼 수가 없었다.

그리고 전혀 다른 이유로 『고맙습니다~!』 하고 감사할 수도 없다.

"게다가 이 장면은 너무 지루하다구~. 아까부터 계속 치근대기만 하지 진도를 빼려는 기색이 눈곱만큼도 없잖아. 역시 오타쿠는 남녀 불문하고 하나같이 겁쟁이인가 보네~."

"……미치루, 너는 중요한 걸 모르는구나."

미치루가 문제 발언을 입에 담자, 나는 『원작에서는 겁쟁이가 아니거든?! 침○ 위 조폭과 숫처○ 걸레거든?!』 하고 반론하고 싶은 마음을 꾹 참았다.

"잘 들어, 미치루……. 모에와 지루함은 종이 한 장 차이야."

"그래?"

"응. 모에라는 감정은 약간 지루하게 느껴질 만큼 평온한 상황에서만 만끽할 수 있는 거 거든."

"하지만 영화 같은 걸 보면, 지루한 장면보다 극적인 장면에서 남자가 멋지다든가 여자가 귀엽다고 느껴질 때가 많지 않아?"

"아, 그렇게 생각하는 것도 당연해."

예를 들자면, 절체절명의 궁지에 몰린 상태에서 히어로가 펼치는 대역전극.

예를 들자면, 연인이 숨을 거두기 직전에 펼치는, 처음이자 마지막 러브 신.

예를 들자면, 모퉁이에서 여자애와 부딪힌 남자애가 우연히 그녀의 치마 안에 고개를 들이밀…… 아, 이건 좀 미묘한 비유니까 제외해야겠다.

"하지만 미치루……. 그래서는 진정한 의미에서 그 캐릭터의 매력을 만끽했다고 할 수 없어!"

"어~, 왜?"

"……왜냐면 흔들다리 효과일 수도 있거든."

그렇다. 생사의 경계나 격동하는 세계의 틈바구니에서 느끼는 캐릭터의 매력은 그 상황과 연관이 없을 수가 없다.

즉, 그 순간에 느끼는 매력이란 사실 『곧 죽을 테니 불쌍할 뿐』이거나, 『대역전 승리의 감동에 취한 것뿐』일지도 모른다.

"그렇기 때문에 지루한 장면에서 느끼는 『귀여움』이야말로 불순물이 섞이지 않은 진정한 귀여움이라 할 수 있다고 생각하는데, 미치루는 어떻게 생각해?!"

"그, 그걸 내가 어떻게 알아……."

그리고 너무 감동적으로 분위기를 띄우면 선정성이 급격하게 하락한다는 의견도 있는데, 일단 지금은 그 점에 대한 주장을 자제하겠다. 왜냐하면 지금 플레이하고 있는 것은 전체 이용가 게임이니까 말이다.

_{에ㅇ 게임 이야기했잖아}

　뭐, 그딴 건 변명 축에도 못 든다고 반론하는 사람이 있을지도 모른다.

　"그러니까, 러브러브하는 장면에서 눈물 나는 BGM은 필요 없어. 열정적인 BGM도 내다 버려. 그저 듣고 있으면 기분 좋고, 여자애의 매력을 살려주기만 하는 들러리에 전념하라고!"

　그 말을 외친 순간, 나는 그녀에게 등을 보이고 있지 않았다.

　강렬한 눈빛을 머금은 두 눈으로 미치루의 눈을 지그시 응시하고 있었다.

　그리고 미치루 또한 내 이마를 발끝으로 두드리지 않았다. ……만약 그런 짓을 했다간 진짜로 친척 관계가 붕괴됐겠지만 말이다.

　그녀는 기타 연주를 멈춘 채, 진지한 표정으로 내 말에 귀를 기울이고 있었다.

　"그럼 지루하고, 단조로우며, 귀에 남지 않는 곡을 만들라는 거야?"

　"그렇지 않아. 지루하고, 단조로우면서도, 묘하게 귀에 남는 곡을 만들어줘."

　"……꽤 어려운 주문이네."

　"그래, 미치루. 미소녀 게임의 BGM을 얕보지 마. 질적으로도, 양적으로도 상당한 레벨이 요구된다고."

"······."

"······."

주종 관계 같던 우리는 한순간 대등한 관계가 된 것처럼 서로를 당당히 직시한 후······.

"말도 안 되는 억지 부리지 마."

"아얏."

미치루는 빙긋 웃더니····· 쇼트 팬츠에 감싸인 건강미 넘치는 발로 내 이마를 살며시 걷어찼다.

이 친척 관계, 문제가 많아도 너무 많은 거 아냐?!

"그럼 지루한 곡을 만들기 위해, 지루한 짓을 해볼까~."

하지만 그런 위험천만한 일격을 날린 미치루는 마치 아무 일도 없었다는 듯이 기타를 안아 든 채 침대에서 내려오더니 내 옆에 앉았다.

"어, 어이. 좁잖아."

"그럼 옆으로 좀 비켜, 토모······. 그리고 뒤돌아 앉아."

"뒤, 뒤돌아 앉으라고? 어, 어이?"

"영······차."

"······아."

미치루는 억지로 내 자리를 빼앗더니, 억지로 방향 전환까지 시켰다.

그리고 억지로, 자신의 온기를 등을 통해 나에게 전했다.

"응, 이러고 있으니····· 지루하네~."

"미치루……."

등 너머에서 미치루가 연주하는 기타 소리가 다시 들려왔다.

하지만 그 선율은 소리로만이 아니라, 미치루의 등을 통해 진동으로도 전해져 왔다.

"토모가 이렇게 가까이 있는데도 괴롭힐 수 없으니까…… 엄청 지루해."

"인마, 괴롭히지 마."

"아~, 젠장, 지루하네~."

"……응."

그렇다. 미치루는 분명 지루할 것이다.

왜냐하면 이 위치에서는 우리가 같은 곳을 쳐다볼 수 없다.

몸을 맞대고 있는데도, 손이나 발은 닿지 않는다.

그렇기 때문에 서로에게 장난을 칠 수도 없다.

응, 확실히 지루해……. 우리 둘 다 말이야.

"저기, 토모."

"응?"

"이런 것도 나쁘지 않네~."

"……노 코멘트야."

"히히히~."

"인마, 이상한 소리 내지 마."

이렇게 별것 아닌 대화를 나누면서도, 미치루는 기타를 계속 쳤다.

평온하고, 부드러우며…….

빠르지도, 격렬하지도, 높지도, 낮지도, 않은 음을 자아내면서…….

"하지만 덕분에 이미지에 딱 맞는 곡을 만들 수 있을 것 같아, 토모."

"그래?"

그것은 심장 소리에 맞추기라도 한 것처럼 두근거리고…….

따스한 포옹을 나누고 있는 것처럼 촉촉한 음색이었다.

"그건 그렇고, 토모는 역시 겁쟁이구나~."

"시끄러워."

※　※　※

"그러니까, 이즈미는 괜찮은 것 같아."

"흐음~."

그리고 토요일…… 아니, 일요일 오전 한 시경.

미치루의 『러브러브 신』 BGM 작곡이 얼추 끝나고, 둘이서 나른한 분위기에 잠겨 있던 주말 심야.

하지만 우리 둘 다 알몸으로 이불을 덮고 있거나, 담배를 피우고 있지는 않으니 안심해줬으면 한다.

"확실히 에리리가 그린 키 비주얼을 보고 압도당한 것 같기는 하지만, 오히려 그 덕분에 의욕이 불타오른다니까, 기대 좀 해도 될 것 같아."

"사와무라의 그림이 그렇게 충격적이었대?"

"……참고로 지난주까지 신주쿠 중앙 역 동쪽 게이트에 있는 커다란 간판에 그 그림이 걸려 있었어."

"그 말을 들으니 왠지 딴 세상 사람이 된 것 같네~."

이번 주 미션을 끝낸 미치루는 잠을 자지도, 식사를 하지도, 3대 욕구 중 마지막 하나를 충족시키려고 하지도 않았다. 그저 여전히 바닥에 앉아서 나와 등을 맞댄 채 휴식을 취하고 있었다.

"뭐, 아무튼 이즈미 문제는 해결됐어. 스케줄상으로는 약간 빠듯해졌지만, 그 애라면 충분히 만회할 수 있을 거야."

"그럼 문제는 카토네."

"응……."

그리고 나는 그런 미치루와 현재 서클이 안고 있는 문제에 대해 상의하고 있었다.

먼저 말을 꺼낸 사람은 미치루였다.

내가 체력의 한계를 느낀 나머지 그녀의 등에 몸을 맡기며 그대로 의식을 잃으려고 한 순간…….

『저기, 토모……. 너 지금 서클 문제로 고민하고 있지?』

미치루의 입에서 뜻밖의 질문이 튀어나오자, 나는 말문이

막힘과 동시에 졸음이 싹 달아났다.

　그 후, 그녀는 「웃기지도 않는 소리하지 마」 하고 딱 잘라 말하려던 나에게 「에이~, 털어놔봐~. 누나뻘인 밋쨩이 상담 상대가 되어줄게~」 하고 말하며 고집을 부리며 서클 문제에 개입하려 했다.

　그게 자기 할 일을 다한 사람이 느끼는 만족감에서 비롯된 참견인지, 아니면 전부터 걱정하고 있었던 건지는 모르겠지만…….

　"사와무라와 만나려고는 안 해?"

　"그래……. 지난달에는 그럴 마음이 있는 것 같았는데, 그 키 비주얼을 본 후로 싹 가신 것 같아."

　하지만 나는 『고민을 들어주는 이가 있다』는 매력을 거부하지 못했고, 결국 미치루에게 말하지 않아도 되는 내용까지 전부 털어놓고 말았다.

　"뭐, 사와무라를 쫓아낸 건 다름 아닌 카토니까 이제 와서 화해하기 힘들겠지."

　"그건 완벽한 오해거든?! 카토는 그렇게 음흉하지 않거든?!"

　"어라~, 사와무라랑 선배는 카토한테 찍힌 바람에 나갈 수밖에 없었던 거 아니었어?"

　"그렇게 카토의 이미지를 조작하지 말아줄래? 앞으로도 이 서클은 계속될 거란 말이야!"

……뭐, 이렇게 요점에서 벗어나는 소리로 몇 번이나 훼방을 놓았지만 말이다.

"카토는 에리리와 우타하 선배가 관두지 않기를 원했어……. 쭉 예전처럼 서클 활동을 함께 하고 싶었던 거야."

"아~, 하시마 양 앞에서는 절대 그 말 하면 안 되겠네."

"하지만 그렇기 때문에 배신감이 더욱 컸던 것 같아."

아, 그리고 미치루와 이 이야기를 하기로 마음먹은 이유가 하나 더 있었다.

"그건 토모도 마찬가지잖아?"

"나는…… 두 사람의 열광적인 팬이기도 하잖아. 에리리와 우타하 선배가 크리에이터로서 더욱 엄청난 존재가 된다면 용서할 수 있을지도 몰라."

"하지만 카토는 『단순한 친구』인 거구나……."

"좋은 의미에서도, 나쁜 의미에서도 말이야."

평소에 나와 이런 이야기를 나눴던 카토가 이번에는 당사자인 것이다…….

"그건 그렇고, 이 서클은 카토를 중심으로 돌아가고 있구나."

"대표는 나고, 프로듀서는 이오리인데 말이지."

서클의 메인 히로인이자, 숨은 공로자.

특색이 강한 멤버들의 윤활제이자, 특색 없이 뭐든 잘하는 해결사.

다른 멤버들에 비해 별다른 이유 없이 서클에 가입했지만, 지금은 멤버들 중에서 가장 서클을 아끼고 있는 여자애.

"어때? 뭔가 좋은 의견 있어?"

"굳이 의견을 하나 내놓자면…… 앞으로는 사와무라와 얽히지 않는 거야."

"그럴 수는 없어. 그랬다간 에리리가 무너지고 말 거야."

"……그런 말을 주저 없이 하니까 카토가 고집을 부리는 걸지도 몰라."

"아무튼 그건 안 돼. 카토와 에리리를 화해시키는 방향으로 의견을 내줘."

미치루가 방금 한 혼잣말이 절반 정도는 들렸지만, 절반은 들리지 않았기에 증거로 채택하지는 않았다.

"으음~, 그럼…… 나한테는 좋은 의견이 없어."

"그, 그렇구나……."

그 후 미치루가 입에 담은 대답을 듣고 나는 약간 김이 샜지만, 마음 한편으로는 그럴 줄 알았다고 생각했다.

애초에 내가 미치루에게 원한 역할은 『내 이야기를 들어줄 사람』인 것이다.

그 외의 다른 것은 원하지 않았으니 괜찮다.

"하지만 너를 도와줄 수 있는 사람이라면 알아."

"그 사람이 누군데?"

그렇게 자체적으로 결론을 내리려 한 순간, 미치루는 의미심장한 목소리로 그렇게 말하더니…….

"그건 그렇고, 토모도 성장했네~! 여자애 문제로 고민도 다 하고~!"

"칭찬이야? 그거 칭찬 맞아?!"

그리고 의미심장한 목소리를 유지한 채 멋대로 결론을 내렸다.

밋짱은 여전히 심술궂다니깐.

"진심으로 하는 소리야~. 애니메이션이나 게임 속 여자애한테 도피하지도 않고, 본인들과도 제대로 이야기를 하는데다, 이렇게 제삼자와 상의도 하잖아~."

"친구 사이가 산산조각이 나는 건 싫잖아……. 남자든 여자든 말이야."

이 세상에서 가장 무섭고, 싫고, 괴로운 것은 인간관계의 붕괴다.

8년 전, 나는 그것을 뼈저리게 경험했다.

이제는 그게 적당히 숙성되어서, 몸과 마음으로 동시에 느낄 수 있는 트라우마가 되었다.

"으음~. 토모가 어느새 어른이 됐네."

"억지로 칭찬할 필요 없어. 어차피 마음속은 여전히 오타쿠라고."

미치루가 양손을 등 뒤편으로 내밀어 내 손을 찾더니, 살

며시 손을 포갰다.

　등뿐만 아니라 양손을 통해서도 미치루의 온기가 느껴지자, 내 몸을 가득 채우고 있던 힘과 긴장과 불안이 녹아내리듯 사라졌다.

　"……그럼 토모. 지금부터 어른들이 하는 걸 할까?"

　"너, 요즘 들어 에로 조크를 너무 많이 하는 거 아냐?!"

　지금은 서클을 관둔, 그 음담패설 전문가를 생각나게 하는 발언이었다.

제4장

같은 그림을 계속 그리는 게 얼마나 힘든 건지 알아?

"아……."

"여어, 카토. 같이 하교 안 할래?"

월요일 수업이 무탈하게^{조는 사이에} 끝난 후, 학생들이 삼삼오오 하교하고 있는 방과 후의 교문.

그 외 대다수 중 한 명인 것처럼 학생들 사이에 섞여 하교하고 있던 카토를 정확하게 겨냥하면서, 나는 말을 걸었다.

뭐, 실은 10분 전부터 이곳에서 겨냥하고 있었지만 말이다. 그렇게까지 했는데도 까딱 잘못했으면 놓칠 뻔했다.

"왜 일부러 이런 곳에서 기다린 거야? 평소 같으면 약속 장소를 메일로 전달한 후에 내 대답도 듣지 않고 바로 이동했을 거잖아."

"자기를 기다려준 사람한테 꼭 그런 소리를 해야겠어?! 나랑 같이 하교했다가 친구들 사이에서 이상한 소문이라도 돌까 봐 부끄러운 거야?!"

"부끄럽지는 않아. 그래도 아키 군이 정색하면서 고함을 질러 대니 짜증이 나긴 하네."

"……그럼 빨리 가자."

요즘 들어 말투 및 행동거지가 다크해진 카토를 보면서 왠지 패배감을 맛본 나는, 그녀의 대답도 듣지 않고 역을 향해 걸음을 옮겼다.

하지만 카토는 수묵화처럼 연한 먹빛을 띤 듯한 발언을 방금 입에 담았으면서도, 내 옆에 나란히 서서 걸음을 옮겼다.

카토는 요즘 들어 항상 이랬다.

그녀가 입에 담는 말은 멍하면서도 날이 서 있어서 무지막지하게 따끔했지만, 그녀의 행동은 확 와 닿는 바가 있었다. 그래서 겁을 먹어야 할지 모에를 느껴야 할지 감이 오지 않았다.

이것도 모처럼 호감도를 올려서 『아키 군→토모야 군→토모야(토모)』의 제1단계에서 제2단계로 넘어갈 뻔했는데, 폭탄이 터진 탓에 제1단계로 되돌아온 영향인 걸까.

……아, 방금 예시를 이해 못한 사람은 그냥 흘려 넘겨도 돼.

"이번 주 일요일?"

"응. 이케부쿠로의 부엉이 동상 앞에서 열한 시에 어때?"

"일요일……."

우리는 함께 역으로 향하고 있었다.

하지만 평소처럼 내가 기관총처럼 쏟아 내는 오타쿠 토크를 카토가 경쾌하게 흘려 넘기는 구도가 펼쳐지고 있지는 않았다.

이 자리에서는 카토가 내 진지한 제안을 듣더니 어두운 표정을 지은 채 침묵을 지킨다는, 시리어스하면서도 클라이맥스한……

"에리리도 그날은 마감이 없다더라고. 어때?"

"으, 으음~."

아, 물론 데이트 신청을 하고 있는 건 아니거든?

"아, 그날 다른 볼일이 있다면 다른 날이라도 괜찮아."

"딱히 볼일이 있는 건 아닌데……."

"그럼 문제없겠네. 아, 방해가 된다면 난 빠질게. 뭐, 단둘이 만나는 게 좀 그렇다면 얼굴을 비추겠지만 말이야."

그렇다. 나와 카토가 이야기 중인 것은, 지금까지 몇 번이나 미뤄졌던, 그녀와 에리리의 데이트에 관해서다.

"카토 너, 에리리랑 이야기 안 한 지 석 달이 다 되어 가잖아. 이제 그만 화해할 때도 되지 않았어?"

어때? 나, 완전 좋은 사람이지?

마치 공략 대상이 아닌 서브 캐릭터 여자애와도 얽히는 일이 없는, 주인공의 남자 절친 같지 않아?

"아키 군은 초등학생 때 에리리와 절교하고 몇 달 동안 이야기 안 했어?"

"……5, 6년 정도?"

……응, 너무 좋은 사람이라 눈물이 날 것 같네.

나는 왜 제멋대로인 그 녀석의 부탁을 이렇게 성심성의껏 들어주려고 하는 걸까?

"그럼 석 달 정도면 시작에 불과하네."

"하지만 반년 동안은 정말 힘들었어……. 그리고 너한테는 그 기간이 석 달이나 남아 있다고."

"아키 군……."

하지만 이건, 으음, 그렇다. 카토를 위한 일이다.

아무리 멍하고, 무미건조하며, 매사에 대한 반응이 옅은 카토라도, 지금의 관계는 당사자에게 큰 고통이 될 것이다.

그걸 누구보다도 잘 알기에…….

"그렇게 괴로워한 끝에 겨우 화해했는데, 이번에는 에리리가 서클을 관둬버렸잖아. 그런데도 아키 군은 용케 에리리랑 화해했네."

"해서는 안 될 말을 했어! 카토 너, 방금 내 트라우마 스위치를 인정사정없이 눌렀다고!"

"응, 알아. 미안해. 방금은 일부러 도발한 거야."

"좀 봐줘. 살짝 죽고 싶어졌단 말이야……."

나도 알기는 하지만…… 아니, 알기 때문에 이 올바르기 그지없는 발언을 용납할 수 없는 것이다.

그렇다. 이것은 남편에게 가정 폭력을 당하고 있지만, 『이 사람은 내가 없으면 아무것도 못하니까』라는 착각 탓에 결국 계속 곁에 있는 아내의 심정…….

"아키 군은…… 소꿉친구이기 때문에, 절친이기 때문에, 더욱 용서할 수 없다는 생각은 안 들었어?"

"……들기는 했지만, 진짜 힘들다니까~."

"역시 그랬구나."

카토는 상상을 초월할 정도로 거무튀튀한 독설을 선보인 후…….

몇 초 전에 그런 무시무시한 소리를 한 사람답지 않게 애처로운 한숨을 내쉬더니, 애처로운 말을 입에 담았다.

"네 말이 맞아."

그리고 정면을 쳐다보던 그녀는 나를 힐끔 쳐다보았다.

그녀의 표정과 행동은 마치…… 내가 잘못 본 게 틀림없을 테니 말로 표현할 수는 없지만…….

아무튼, 마치, 어리광을 부리고 있는 것만 같은…….

"힘들어, 토모야……."

"이야~, 이런 데서 너희를 다 보네! 이렇게 만난 것도 인연이니 같이 하교하지 않겠어?"

……그런 내 망상을 산산조각 내듯, 새되고 귀에 거슬리는 목소리가 느닷없이 내 귀에 꽂혔다.

그 목소리는 어느새 우리가 도착한 역 개찰구 쪽에서 들려왔다.

　귀가 중인 토요가사키 학원의 학생들로 붐비는 그곳에는, 다른 학교의 블레이저 교복을 걸친 갈색 파마머리 남학생이 머리카락을 쓸어 올리며 서 있었다.

　"이오리……?"

　그렇다. 우리 서클의 멤버이자 이즈미의 오빠이기도 한 하시마 이오리…… 아, 그러고 보니 지난주에 소개했었지.^{프롤로그}

　"늦지 않아서 다행이야. 우리 학교에서 여기까지 오는데 30분 넘게 걸리거든. 하교 중에 여자애 두 명이 같이 놀자고 했지만, 뿌리치고 온 보람이 있는걸."

　"호감도를 떨어뜨리게 해서 정말 미안하네. 그것보다 무슨 일이야?"

　"실은 급하게 너희와 할 이야기가 있어서 그러는데…… 시간 좀 내주지 않겠어? 뭐, 토모야 군 혼자만이라도 괜찮지만."

　"나야 괜찮지만, 카토에게 물어봐야……."

　"물어본다고? ……이제 와서 어떻게 물어볼 건데?"

　"이제 와서? 어이, 카토…… 아앗?!"

　그렇다. 이오리가 입에 담은 『이제 와서』라는 말은 적절했다.

　겨우 몇 초 전까지만 해도 내 옆에 있었던 카토는, 어느새 전광석화 같은 속도로 개찰구를 통과했다. 그리고 곧 출발하려 하는 열차의 문 너머에 등을 보이며 서 있었다.

잠시 후 경적 소리가 들리더니, 그녀의 등도 점점 멀어져
갔다.

"이야~. 토모야 군은 꽤나 미움을 받고 있는 것 같은데.
아하하."

"그런 상큼한 미소를 지으면서 남 탓을 할 수 있는 너는
정말 대단한 녀석이야."

아무래도 에리리 문제보다 이 두 사람의 험악한 관계가
훨씬 심각한 문제 같네…….

※　※　※

"이즈미의 반응?"

"그래. 너희 집에서 게임 합숙을 할 때 말이야."

카토가 혼자 가버린 후, 다음 전철을 탄 나와 이오리는 빈
자리에 나란히 앉았다. 그리고 방금까지 경박한 태도를 취
하던 이오리는 갑자기 태도를 바꾸더니, 진지한 표정을 지으
며 말했다.

……처음부터 이런 태도를 취했다면 카토도 저렇게 거부
반응을 보이지는 않았을 것 같지만, 그 점에 대해서는 제처
두기로 했다.

"어이, 이오리. 미리 말해 두겠는데, 이즈미가 우리 집에서
자고 가기는 했지만, 우리 사이에는 아무 일도 없었어."

"그런 건 네가 말 안 해도 알아. 내가 알고 싶은 건 이즈미 가 게임을 플레이하면서 보인 반응이야."

"그, 그래……?"

뭐, 아무리 진지한 태도를 취했다고 해도, 남을 무슨 차려 놓은 밥상도 못 먹는 얼간이 취급해도 되는지 의문이기는 하지만, 그 점에 대해서는 아무 말도 하지 않기로 했다.

"토모야 군이 아는 게임 중에서 가장 모에『하기만 한』게 임을 시켰을 거 아냐. 이즈미는 그걸 플레이하면서 어떤 반 응을 보였어?"

"글쎄. 이즈미는 강아지 타입 후배 히로인인 나나미에 푹 빠졌어. 그리고 소꿉친구 타입 메인 히로인인 치나츠, 그리 고 시원 털털 타입 사촌 히로인인 시즈루는 질색했지. 이 점 을 통해 분석……."

"아니, 히로인 취향이나 마음에 들어 한 속성 분석 같은 건 필요 없어."

"어~."

그리고 아무리 태도가 진지하더라도, 미소녀 게임 마이스 터 아키 토모야의 차분하고 심도 깊으며 날카로운 분석을 이렇게 매몰차게 막아도 되는 것인지에 대해…….

"게임 그 자체나 그림에서 영감을 받은 것 같아?"

"『나나미 양, 귀여워』하고 58번이나 외친 걸 보면 히로인 의 조형과 그래픽에 감명을 받은 것 같았어. 스토리는 제쳐 두더라도 말이야."

"뭔가에 대해 생각하거나 고민하지는 않은 거야?"

"으음, 평소와 마찬가지로 활기가 넘쳤고, 엄청 즐겁게 플레이하던데?"

"그랬구나. 그런데도……."

이오리는 딱히 부정적인 요소가 없는 내 보고를 듣더니, 침묵에 잠기며 낯빛이 흐려졌다.

그리고 이마에 손가락을 대며 느끼한 자세로 잠시 동안 생각에 잠기더니, 곧 머리카락을 쓸어 올리면서 나를 돌아보았다.

"실은 말이야. 그 일 이후로 이즈미는 약간 슬럼프에 빠졌어. 토모야 군은 눈치챘으려나?"

내용은 그렇다 치고, 꼭 그런 리액션을 취하지 않으면 이야기도 제대로 못 하는 거냐? 진짜 짜증 나네.

"뭐, 요즘 들어 새로운 디자인이 서버에 올라오지는 않았지."

"아니, 실은 상당한 페이스로 작업이 진행되고 있었어. 하지만 내가 억지로 중단시켰지."

"뭐? 왜?"

"방금 말했잖아? 이즈미가 슬럼프에 빠졌기 때문이야."

"이오리……?"

이오리가 사태의 심각함을 티가 풀풀 나게 어필했지만,

그의 말을 이해하지 못한 나는 의아하다는 표정을 지을 수밖에 없었다.

"그래서 너한테 맡겨봤던 거야. ······우리가 만들려는 『미소녀 게임』이라는 게 어떤 것인지 이즈미가 다시 떠올리기를 바라면서 말이야."

"이즈미, 그림을 그리고 있었던 거야······?"

사태를 파악하지 못한 나는 아마 이오리의 기대에서 벗어나는 반응을 보인······ 걸지도 모른다.

"일요일부터 또 그리기 시작했어······. 오늘 아침에는 히로인 캐릭터 전원의 선화까지 완성했지."

"말도 안 돼! 겨우 하루 만에 완성했다고? 역시 이즈미는 대단해!"

"······하지만 지금 상태에서 작업을 진행해 봤자 아무 소용 없어."

"어, 어? 어, 어째서?"

그래서 나는 이오리와의 의사소통이 더욱 어긋나고 있다는 걸 알면서도 궤도를 수정하지 못했다.

"······저기, 토모야 군."

이오리는 그런 우리 사이의 인식 차이를 뜯어고치는 걸 포기했는지, 이 말을 끝으로 눈을 감으며 침묵에 잠겼다.

"지금 당장 우리 집에 가지 않겠어?"

"자아, 토모야 군. 사양 말고 들어와."

"보통은 사양해야 정상이거든?! 이오리 너야말로 사양 좀 하라고!"

전철에서 내려 10분 정도 걸은 후, 나는 이오리의 집에 도착했다.

그리고 그의 말에 따라 2층에 있는 어느 방에 들어가기 직전, 나는 사태의 심각성을 깨닫고 이오리의 달콤한 유혹을 떨리는 목소리로 거절했다.

"우리 사이에 이제 와서 뭘 무서워하고 있어? 몸에 힘을 빼고 본능에 몸을 맡겨……."

"그런 말도 안 되는 소리로 얼버무린다고, 내가 순순히 이즈미 방에 들어갈 것 같아?!"

본인에게 허락도 받지 않고 여자애의 방에 몰래 들어가는 건…… 좀 그렇잖아?

"보여주고 싶은 게 이 방 안에 있는 걸 어떡하라고."

"그럼 기다리면 되겠네! 이즈미라면 곧 돌아올 거잖아!"

"실은…… 아까 이즈미에게 『곧 여친을 집에 데려갈 거니까, 한 시간 정도만 밖에서 시간 좀 보내고 와』라는 메시지를 보냈어."

"너, 너, 방금 뭐라고……?"

"이야~, 여친이 아니라 남친을 데려왔다는 걸 이즈미가 알면 깜짝 놀라겠지. 아하하하하……."

"그런 농담은 이제 됐거든?! 나는 진지하게 묻는 거라고!"

"자아, 이번에야말로 사양 말고 들어와. 토모야 군."

"시, 실례하겠습니다~."

10분에 걸친 실랑이 끝에 결국 이오리에게 설득당한 나는 머뭇거리면서 금단의 문을 통과했다.

……뭐, 지난달에도 들어왔으니 그렇게 비윤리적인 느낌은 들지 않지만.

"자아, 적당히 앉아……. 아, 그건 무리겠네."

"우와……."

그리고 나는 지난달과 마찬가지로 절규를 토했다.

이 방의 바닥은 지난달에 왔을 때와 마찬가지로 발 디딜 틈도 없을 만큼 종이로 뒤덮여 있었던 것이다.

"하룻밤 사이에 두 배로 늘었네……."

물론 그 종이에는 하나같이 여자애가 그려져 있었다.

러프와 선화, 전신 그림과 상반신 그림도 포함되어 있으며, 헤어스타일과 표정, 펜 터치 등도 제각각이었다.

게다가 이번에는 카노 메구리 이외의 서브 히로인의 디자인도 섞여 있는지, 이 마굴 같은 느낌은 지난달과 비교도 되지 않았……

"그런데 이오리. 나한테 보여주고 싶다는 게 뭐야?"

"그야 물론 지금 네 눈앞에 있는 거야."

"……그렇게 말할 줄 알았어."

이 남자는 별것 아니라는 듯이 그렇게 말했습니다만…….

다시 한 번 설명하자면, 바닥은 백 장을 가볍게 넘는 디자인화로 뒤덮여 있었다.

이 종이들만 모아도 가격이 천 엔이 넘는 두꺼운 동인지 분량은 될 것 같았다. 그 정도로 압도적인 물량이었던 것이다.

게다가 이 종이들은 규칙성도 없이 난잡하게 흐트러져 있으니, 그림을 그린 당사자 외에는 법칙성을 찾기 힘들 것이다.

"그럼 이 안에서 뭘 찾으라는 거야?"

"그건 직접 알아내."

"……그렇게 말할 줄 알았어."

우리 서클의 민완 프로듀서께서는 마치 산더미 같은 보물 안에서 독침 하나를 찾으라는 것 같은 무모한 작업을 별일 아니라는 듯이 시켰다. 그런 그에게 살의를 느끼는 건 자주 있는 일이니 일단 제쳐 두겠다.

"너라면 알 수 있을 거야……. 왜 내가 이 디자인들을 제출하지 않았는지를, 그리고 이렇게 의욕을 불태우고 있는 이즈미가 슬럼프라고 말한 이유를 말이야."

"이오리. 너, 설마……."

"뭐, 이렇게 됐으니 열심히 해봐, 토모야 군. 참, 한 시간 후에는 이즈미가 돌아올 테니까 가능한 한 서둘러."

"……이 자식."

그렇다. 이 녀석은 또 나를 시험하고 있는 것이다.

즉, 이 민완 프로듀서 자식은 내가 아무것도 찾지 못한다면…… 이오리의 감성을 이해하지 못한다면, 앞으로 같이 일할 수 없다고 말하고 있는 것이다.

지난달에 겨우 이 녀석의 테스트를 통과했는데…… 말재주밖에 없는 주제에 남에게 너무 많은 걸 요구한다니깐.

"……일단 이오리는 밖에서 기다려. 생각에 잠겨 있을 때 남이 말을 걸면 짜증이 치솟거든."

"그럼 잘해 봐."

나는 분노가 어린 목소리로 말했지만 이오리는 태연자약한 태도를 취하며 느긋하게 방문을 닫았다. 그리고 곧 계단을 내려가는 발소리가 들려왔다.

"자, 그럼……."

이즈미의 방에 홀로 남겨진 나는 심호흡을 한 후, 양손으로 볼을 때리며 기합을…….

"좋아! 시작해볼까!"

"아, 참고로 속옷은 침대 옆 옷장 안에 있는데, 사용한 후에는 들키지 않도록 원상 복구해 둬. 괜한 의심을 사고 싶지는 않거든.

"그딴 짓 안 하거든?! 나는 사춘기 중학생이 아니거든?!"

그것보다, 방금 들렸던 발소리는 위장이었던 거냐…….

"자, 그럼……."

뜻밖의 훼방을 당한 후, 다시 심호흡을 한 나는 바닥에 흩어져 있는 대량의 디자인을 쳐다보며 한숨을 내쉬었다.

그 한숨에는 질과 양을 양립시킨 이즈미에 대한 감탄, 그리고 이것들을 분류 및 정돈해서 경향을 고찰한다는 당치도 않은 짓에 대한 비탄이 어려 있었다.

아무튼 나는 현재 이즈미의 성과를 온몸으로 느낄 수 있었다.

"……여전히 엄청나네."

하지만 이즈미의 열렬한 신자인 내가 입에 담은 감상은 예전과 별반 다르지 않았다.

그녀의 러프에서는 여전히 엄청난 집념이 느껴졌다.

처음 접했던 리틀랩 동인지에 완전히 빠진 후로, 그녀의 그림을 볼 때마다 그런 느낌을 받았다.

이즈미와 재회한지도 벌써 1년이 다 되어 간다. 이 짧으면서도 긴 기간 동안 그녀는 일러스트레이터로서 계속 발전했으며, 성장 속도 또한 더욱 가속되고 있었다.

그런 이즈미가 슬럼프라는 게 믿기지…….

"……어?"

수십 분 후.

일단 정리부터 하자는 생각으로 백 장이 넘는 디자인화를 캐릭터별로 분류하고, 그것을 완성도와 시간적 순서에 따라 재배치하자, 방바닥이 또 종이로 뒤덮였다.

그리고 방구석에 서서 그 종이들을 한눈에 응시하자…….

"이즈미……?"

내 머릿속에서 뭔가가 정리되기 시작했다.

방 왼편에서 오른편으로, 시간적 순서에 따라 그녀의 디자인 변천사를 살폈다.

그 시행착오의 순서를, 있는 그대로 눈에 새겨 나갔다.

"아, 아, 아아아아앗?!"

그리고 눈보다 뇌가 먼저 반응했다…….

"이거, 구나……."

이오리가 이즈미에게 일부러 연락을 취해 집에 오지 못하게 한 이유를, 나는 마침내 깨달았다.

내가 눈치챌 거라고, 믿었기 때문이다.

내가, 이즈미의 이 그림을 부정할 거라고 믿었기 때문이다.

그래서 이오리는 내 반응을 보고 충격을 받을 이즈미를, 보고 싶지 않던 것이다…….

"에, 에리리……."

장수가 늘어 갈수록, 완성도가 높아질수록, 점점 닮아 갔다.

그것은 바로, 에리리의…… 카시와기 에리가 그린 그 키 비주얼이다.

러프가 진행될수록, 전체적으로 다듬어질수록, 미세하게 수정될수록…….

마치 「베낀 게 확실하네」라고 해도 될 만큼 에리리의 현재 화풍과 비슷했다.

그림에 있어서는 풋내기인 나도 확연하게 알 수 있을 정도로 말이다.

눈치채지 못한 건가……?

이즈미 너, 진짜로 눈치채지 못한 거야……?

"역시 토모야 군이라면 눈치챌 줄 알았어."

"……이오리."

문밖에서 기다리고 있었던 듯 이오리의 목소리가 들려왔다.

하지만 나는 그 리액션에 정확한 태클을 걸지 못했다. 그저 멍하니 이오리의 말을 듣고만 있었다.

"이대로 가다간 경사스럽게도 『카시와기 에리풍』 일러스트레이터가 탄생하겠지."

그렇다. 이것은 하시마 이즈미의 개성이 아니다. 카시와기 에리의 라이벌도 아니다.

이대로 가다간, 하시마 이즈미라는 이름은 『계보』에 편입되고 말 것이다.

"실은 말이야. 프로듀서로서 보자면 이 방향성은 오케이야."

"그건……"

"그렇잖아? 현재 카시와기 에리의 시대가 『오고 있어』. 그녀의 신봉자는 늘어날 테고, 그에 맞춰 수요 또한 늘어나겠지. 이 방향성으로 가면 분명 잘 팔릴 거야."

이오리의 말은 타당하기 그지없었다.

분명 이 그림을 오케이 하면, 이즈미는 찬란히 빛날 수 있을 것이다.

"게다가 『blessing software』는 카시와기 에리의 그림으로 시작한 서클이야……. 다음 작품의 원화가가 그녀를 신봉하는 건 서클의 방향성 면에서 보자면 옳아. 기존 유저를 획득하기 위한 수단으로서도 최고지."

그리고 『blessing software』 또한 그녀의 힘에 의해 다시 빛날 수 있으리라.

"……하지만 그것을 『blessing software』가 원하느냐고 묻는다면, 이야기가 달라지지. 안 그래? 토모야 군."

"……윽."

……단, 하시마 이즈미라는 존재가 카시와기 에리라는 이름에 의해 사라지는 것을 이즈미가 이오리가 그리고 내가 용납할 수 있다면 말이다.

제5장

"토모야 군의 말을 정리하자면, 우리 서클이 현재 안고 있는 문제는 전부 사와무라 양이 원인이라는 거네?"

"아니, 뭐……. 결과적으로만 본다면 그렇지."

이즈미의 방에 들어간 날로부터 이틀 후인 수요일 오후 네 시.

집 근처의 역에서 두 정거장 정도 떨어진 곳에 있는 역 앞의 커피숍.

평소의 하교 코스에서 약간 벗어나 이곳에 온 나와 이오리는, 가라앉은 표정으로 현재 서클이 안고 있는 문제점에 대해 이야기했다.

"이즈미는 카시와기 에리의 그림에 휘둘려 자신의 개성을 잃었고, 사와무라 에리리와 아직 화해를 못한 카토 양이 나한테 짜증을 내는 탓에 서클 안의 분위기가 나빠진 거군."

"잠깐, 마지막 부분은 완전히 네 자업자득이잖아. 은근슬쩍 책임을 전가하지 마."

사흘 동안 같은 남자와 두 번이나 단둘이 만나 이야기를 나누는 건 나에게 있어 있을 수 없는 행동이지만 어쩔 수 없다.

즉, 그 정도로 『blessing software』가 위기에 처한 것이다.

이 서클은 지금까지 순풍에 돛 단 것처럼 활동했던 시기가 거의 없었으니, 이제 와서 이런 말을 하는 것도 좀 어처구니가 없지만.

"그런데, 어떻게 할 거야? 이대로 가다간 이즈미가 언제 다시 작업을 시작할 수 있을지 예측조차 할 수 없어."

"나도 알아……."

그렇다. 이오리는 요즘 들어 항상 바른말만 했다.

이즈미의 눈을 뜨게 한다……. 카시와기 에리의 속박에서 해방시키기 위해 시간이 얼마나 걸릴지, 아니, 그게 가능하긴 한 건지조차도 알 수가 없다.

사실 이오리는 2주 전부터 이즈미에게 카시와기 에리의 영향을 받고 있다는 지적을 계속 한 모양이었다.

그리고 이즈미는 이오리가 그 말을 할 때마다 「그럴 리가 없어~. 오빠는 정말 걱정도 팔자라니까~」 하고 부정했다. 그리고 「하지만 그렇게 신경 쓰인다면 좀 의식하면서 작업해 볼게」 하고 약속했다고 한다.

"이즈미에게 『지금의』 카시와기 에리의 그림은 아직 일러."

"에리리의 그림은 이제 미소녀 게임의 그림이 아니니까……."

그렇다. 에리리가 그린 『필즈 크로니클 XⅢ』의 키 비주얼은 그야말로 엄청났다.

그녀의 화풍에 대한 왈가왈부는 인터넷상의 사람들에게 맡기기로 하고, 단적으로 말해 그녀의 그림은 아름답고, 멋지며, 엄청났다.

……우리가 원하는 『모에 미소녀 게임』의 방향성과는 맞지 않았다.

"그러니 토모야 군이 추천하는, 그림 말고는 봐줄 게 없는 게임을 플레이하다 보면 서클이 이즈미에게 갈구하는 것이 무엇인지 떠올릴 거라고 생각했는데, 결국 실패했어. 그저 단순한 기분 전환밖에 안 된 거야."

"무슨 말이 하고 싶은 건지는 알겠는데, 그 게임은 진짜로 재미있단 말이야. 바보 취급하지 말라고……."

"그건 내가 할 소리야."

즉, 이즈미는 모르는 것이다.

본인은 이해하고 있다고 생각하지만 전혀 이해하지 못하고 있다는 점이 바로 그녀가 현재 안고 있는 문제다.

"그리고 설령 이즈미가 원래 화풍을 되찾더라도, 서클 부대표가 지금 같은 상태여서는 죽도 밥도 안 돼."
^{카토 양}

"응. 장기적인 관점에서 볼 때, 서클 전체의 열의에 영향을 끼칠 거야."

"특히 서클 대표의 열의에 심각한 영향을 끼치겠지."

"윽……."

"이미 그녀의 행동과 태도는 이 서클의 존망과 직결되어 있어……."

그렇다. 현재 카토 메구미라는 존재는 단순한 엉터리 히로인이 아니다.

게임 제작에 있어 숨은 공로자 역할을 맡으며 각 멤버들을 서포트하고, 게임 내부의 설정에 있어서는 완전무결 메인 히로인 카노 메구리로서 그 매력을 뽐내며(예정), 『blessing software』에 있어 부담…… 없어서는 안 될 존재가 된 것이다.

"그런데, 겨우 크리에이터를 빼앗긴 일을 아직도 질질 끌면서 서클의 분위기를 해치다니. 역시 토모야 군의 애인은 부담……."

"너, 죽기 싫으면 카토 앞에서는 절대 그 표현 쓰지 마! 알았지?!"

모처럼 표현을 순화시켰는데 망치지 마라, 이 바보야.

"저기, 이오리. 카토와 에리리는 원래 절친이었어……. 그렇게 간단히 마음을 정리할 수 있을 리가 없다고."

"그래? 나는 지금도 예전 서클 멤버들과 자주 연락을 취하는데?"

"흐음. 매몰찬 편인 너답지 않게……."

"언제 서로에게 이용 가치가 생길지 모르잖아. 또 꿀 좀 빨아볼까 싶을 때 연락을 취할 수 없어서야……."

"너는 그런 점이 문제야! 완전 이해타산적이잖아!"

역시 이 녀석과 카토는 절대 서로를 이해하지 못할 거야.

"잘 들어, 이오리. 카토는 너와 달라…….『절친이란 K-BOOKS에서 비싸게 매입하는 동인지를 주는 사람』같은 가치관을 가지고 살지는 않는다고!"

"하지만 카시와기 에리의 동인지는 분명 중고 매장에서 비싼 가격에 매입해줄걸? 게다가『필즈 크로니클』의 원화를 담당한다는 게 알려진 지금은……."

"오케이! 일단 동인지 되팔이 운운은 머릿속에서 지우자! 아무튼, 카토에게 있어 우정이란 보답을 원치 않는 관계를 말해."

"보답을 원치 않는다면 배신당했다고 화낼 필요도 없지 않아?"

"오케이! 말꼬리 좀 그만 잡자! 응?! 아니, 너는 이제 카토에 관해 아무 말도 하지 마."

진짜로, 무슨 일이 있더라도, 절대 서로를 이해하지 못할 거야…….

"뭐, 이미 벌어진 일의 원인을 찾는 건 부질없는 짓이야. 나도 일단은 『blessing software』의 프로듀서니까, 서클을 위해 해야 할 일에 대해 긍정적으로 생각해봐야겠지."

"맞는 말이야, 이오리…… 혹시 좋은 아이디어라도 있어?"

"물론이지……. 이즈미와 카토 양을 동시에 구원할 수 있는 데다, 우리 서클에 있어 무지막지하게 긍정적인, 그야말로 최강의 패가 있어."

"그, 그게 뭔데?!"

"뭐긴 뭐겠어. 두 사람에게 있어 공통의 장애물인 카시와기 에리를 짓밟아버리는 거지."

"자, 자자, 잠깐만, 뭐?!"

"우선 교묘하게 안티 집단으로 위장하면서 상대방의 마음을 꺾는 것부터 시작할까……. 그래. 그걸로 가자. 그러면 『blessing software』는 앞으로 나아갈 수 있을 거야."

"가로막는 상대를 구렁텅이에 밀어 넣으면서까지 앞으로 나아가는 건 좀 그렇지 않아?! 응?!"

으음, 카토와의 상성을 운운하기 전에, 이 녀석을 서클에 영입한 것 자체가 실수 아닐까…….

※　※　※

"아차……."

이오리와 헤어진 후, 전철을 타고 집에서 가장 가까운 곳에 있는 역으로 돌아왔을 즈음, 아까부터 아슬아슬해 보이던 하늘이 결국 터지고 말았다.

개찰구를 통과하고 나서 비를 피하고 있는 많은 사람들 사이에 섞여 하늘을 올려다보니,

격렬하게 쏟아지고 있는 소나기가 물방울이 되어 내 얼굴에 튀었다.

"자, 이제 어떻게 하지?"

여기서 집까지는 걸어서 십여 분 거리다.

비에 젖을 것을 각오하며 달릴까, 비가 그칠 때까지 기다릴까, 아니면 편의점에서 우산을 조달할까…….

아, 마지막은 가난뱅이 고교생에게는 존재하지 않는 선택지이기에, 나는 일단 스마트폰으로 날씨 어플을 가동시키고…….

"간신히 돌아왔네……."

"어?"

바로 그 순간, 지옥 밑바닥에서 흘러나온 것 같은 원념에 찬 목소리가 내 귓가에서 울려 퍼졌다.

"기다렸는데……. 언덕 위에서, 산들바람을 맞으며, 운명의 재회를 계속 기다렸는데에에에엣!"

"어? 어? 어?"

내 눈앞에는 거무튀튀한 갈대밭…… 아니, 젖은 머리카락으로 얼굴을 가린 사다코…… 아니, 정체불명의 여성이 서 있었다.

"사람을 불러 놓고 빗속에 방치해? 정말 배짱 한번 좋구나, 윤리이이이이~~~~~!"

"자, 잠깐만요! 약속 같은 거 한 적 없거든요?! 우타하 선배?!"

이 실루엣과 이 분위기 그리고 이 불합리한 언동만으로도 상대방의 정체를 바로 눈치챘지만…….

머리끝에서 검은색 스타킹 끝까지 다 젖어버린, 흑발 롱헤어 미녀.

토요가사키 학원에 다닌 3년 동안 단 한 번도 전교 1등을 놓치지 않았던, 학교 제일의 수재.

하지만 그 실체는 데뷔작 『사랑에 빠진 메트로놈』이 시리즈 누계 50만부 돌파, 차기작 『순정 헥토파스칼』 또한 전작의 기록을 갱신할 것 같은 기세로 팔아 치우고 있는 인기 라이트 노벨 작가, 카스미 우타코.

하지만 진정한 정체는 소오 대학 문학부 1학년, 카스미가오카 우타하.

"비에 젖어서 춥고, 싸늘하고, 기분 나쁘고, 배고프고, 아무리 기다려도 윤리 군이 안 와서 분하고, 슬프고, 어이없

고, 비참해! 아아, 확 죽어버리고 싶어~!"

"저이 이대오 이따가 애가 주글 꺼에오~."
<small>저기 이대로 있다간 내가 죽을 거예요</small>

사회적으로 보자면 재색을 겸비한 승자임에도 불구하고, 이렇게 남들이 보는 앞에서 남자의 목을 졸라 대며 마치 치정 싸움 같은 상황을 벌일 만큼, 여러모로 문제가 많은 얀데레[1] 미녀.

"카토 양이 기다릴 때는 마치 미리 짜기라도 한 것처럼 절묘한 타이밍에 나타나면서, 왜 내가 기다릴 때는 이렇게 늦게 오는 건데~!"

"아, 수믈 시 쑤가……."
<small>아, 숨을 쉴 수가</small>

참고로 누구 탓에 이렇게 되었는지에 대해서는…… 짐작조차 안 되오니 답변을 피하도록 하겠사옵니다.

※ ※ ※

"자요, 우타하 선배…… 몸이 따뜻해질 거예요."

"이, 이건……."

나는 결국 역 앞 편의점에서 우산을 하나만 산 후, 우타하 선배와 한 우산을 쓰고 집으로 돌아왔다.

그리고 그녀를 욕실로 안내한 후, 목욕 수건과 옷가지를 주면서 샤워를 권했다.

#1 얀데레(ヤンデレ) 한 사람에게 병적으로 집착하는 성격, 혹은 그러한 캐릭터.

우타하 선배가 샤워를 하는 사이 젖은 옷을 건조기에 넣고 돌렸으며, 겸사겸사 부엌에서 간단한 식사거리를 준비했다.

이렇게까지 수고를 들인 덕분에 기분이 꽤나 좋아진 우타하 선배는 내가 내민 그릇에 든 내용물을 마셨다.

으음, 여전히 성가시지만, 그러면서도 꽤나 쉬운 여자라고나 할까…….

"어때요? 입에 맞아요?"

"아아…… 윤리 군의 ○○국, 정말 뜨거워."

"저기, 『된장』이라는 평범한 단어를 그렇게 들릴락 말락 하는 목소리로 속삭이듯 말하지 말아줄래요?"

"응, 맛있어……. 윤리 군은 요리도 할 줄 아는구나. 이제 언제 기둥서방이 되어도 괜찮겠네."

"그거, 인스턴트 된장국이거든요? 뜨거운 물만 부었을 뿐이라고요."

"아아, 이렇게 맛있는 된장국을 매일같이 먹을 수 있다면 정말 행복할 거야……."

"덤으로 받은 증정용 팩을 선물로 드릴 테니까 매일 드세요."

그건 그렇고, 대학생이 되었는데도 여전히 암흑 에로 조크 발언은 건재, 아니 더 심각해지고 있는 것 같은뎁쇼. 이거, 기분 탓 아니죠?

"참, 옷까지 빌려서 미안해. 다음에 새 걸로 사다 줄게."

"아, 그럴 필요 없어요. 그냥 세탁해서 돌려주면……."

"반드시 사서 줄 거야. 이제 이건 아무한테도 안 줄 거…… 때로는 연장자의 호의를 순순히 받도록 해."

"그, 그렇게까지 말씀하신다면야…… 아, 알았어요."

그건 그렇고, 남이 빌려준 옷에 얼굴을 비벼 대거나, 냄새를 맡아 대니 엄청 신경 쓰이거든요? 그만 좀 하면 안 될깝쇼?

"그런데 왜 나를 기다리고 있었던 거예요?"

"시은, 어언 사암안에……."

"……다 먹고 나서 말해도 돼요."

그리고 내가 본론에 들어가려 한 순간, 우타하 선배는 (내가 만든 거라 엉망진창인) 주먹밥을 입 안 가득 집어넣은 바람에 목이 메고 말았다. 하지만 이미 된장국을 다 마셔버렸다는 사실을 깨닫고 엄청 괴로워했다.

"콜록, 콜록…… 아아, 이렇게 맛있는 주먹밥을 매일 먹을 수 있다면……."

"그 레퍼토리는 아까 써먹었잖아요."

페트병에 든 차를 모에 캐릭터가 프린트된 머그잔에 따라 내밀자, 우타하 선배는 차를 단숨에 들이켰다. 그리고 한숨 돌린 표정을…… 그러고 보니 아까 목이 멨을 때조차도 엄청 행복한 표정을 짓고 있어서 좀 무서웠습니다.

"실은 어떤 사람한테 부탁을 받아서……."

"그 사람이 누구예요? 그리고 그 부탁이 뭔데요?"

"윤리 군이 여자관계 때문에 시나리오를 쓰지 못하고 있으니 어떻게 좀 해달라지 뭐야."

"……『여자들 간의 인간관계』에 조금 문제가 있어서『전반적인 게임 제작』이 막힌 상황이에요."

우타하 선배는 내 질문에 솔직하게 대답하는 척하면서, 실은 약간 심술을 부렸다.

……그 사람이 누구예요? 첫 번째 질문에 일부러 대답하지 않은 것이다.

뭐, 그래도 방금 그 대답을 통해 얼추 예상이 되었다.

왜냐하면, 『인간관계에 문제가 있다』는 걸 일러바칠…… 아니, 상담할 수 있는 사람은 분명 그 소용돌이에 휘말리지 않은 사람일 것이다. 그러니 카토와 이즈미(그리고 에리리)는 제외된다.

그렇다면 남은 서클 관계자는 두 명뿐이지만, 그중 한 명은 아까까지 나와 결론이 나지 않는 논의를 계속한 바람에 우타하 선배의 분노를 샀다. 이오리

즉, 남은 사람은…….

91페이지 21행을 참조해 주십시오
『하지만 너를 도와줄 수 있는 사람이라면 알아.』

……으음, 나는 그 녀석과 우타하 선배 사이에 접점이 있다는 게 믿기지 않는데 말이야. 미치루

하지만 정황상 이런 결론을 내릴 수밖에 없어.

그 녀석, 대체 어느새……?

"그런고로 조언을 해주러 온 거야. ……윤리 군, 그런 걸로 고민을 할 짬이 있으면 시나리오를 써."

"어, 잠깐만요. 우타하 선배? 그러니까 아까 말했다시피 이건 시나리오만의 문제가 아니라고요!"

……내가 겨우 첫 번째 질문의 답에 도달하려 한 순간, 우타하 선배는 이미 조언을 시작했다.

게다가 내가 생각했던 것과는 정반대이자, 내가 가장 우려했던 방향으로 말이다.

"시나리오『만의』문제가 아니라는 건, 그 문제 안에 엄연히 시나리오도 포함되어 있다는 거잖아?"

"어……?"

"그렇다면 윤리 군은 시나리오를 써야 한다고 생각해……. 여자의 우정 트러블 같은 걸 해결할 스킬도, 경험도, 배짱도 없잖아? 그럼 그딴 문제는 제쳐 두고, 너는 본업에 전념하란 말이야."

뭐, 「저기, 나의 본업은 공부인뎁쇼」 같은 소리를 하면 서로가 불행해질 테니 그런 발언은 자제하기로 하고…….

그리고 보니 우타하 선배가 어떻게 공부와 집필 활동을 양립했는지 정말 궁금하네.

어쩌면 그거야말로 카스미가오카 우타하 최대의 수수께끼가 아닐까?

"하지만 우타하 선배는 골든 위크 때 눈치챘죠? 언젠가 이렇게 될 거라는 걸요."

"……맞아. 그래서 책임감을 느낀 나머지 이렇게 찾아온 거야. 윤리 군이 「적이 되어버린 사람한테 도움을 받을 것 같아?!」 하고 외치며 나를 침대에 쓰러뜨리더니, 그대로 유린할게 뻔한데도 말이야."

"저기 말이죠. 아무리 작가라도 우타하 선배는 러브 코미디 계열이니까, 그런 레이디 코미디 계열 묘사는 좀 자제해주세요."

"괜찮아. 이미 각오는 되어 있어. 그리고 작가에게 있어 어브노멀한 체험은 보물이야. ……설령 윤리 군이 짐승으로 변해 나를 덮치더라도, 그 순간 네가 지은 표정과 네 숨결, 그리고 네 체취를 오감에 새긴 후, 다음 작품의 주인공으로…… 하아, 하아~."

"저기, 우타하 선배? 그런 비장한 각오는 안 해도 되니까 평화적으로 대화를 나누자고요!"

『지금의 사와무라 양은 네가 알고 있는 사와무라 양이 아냐.』

『그러니까 무슨 일이 있어도, 그녀의 적이 되지 마. 하다못해 라이벌로 있어줘.』

『지금의 그녀를, 받아들여줬으면 해.』

『너도, 하시마 양도…… 그리고 카토 양도 말이야.』

으음~, 회상 장면을 넣는 타이밍이 약간 어긋나서 엉망이 되어버린 것 같지만…….

아무튼, 우타하 선배는 골든 위크 때…… 그러니까, 에리리의 키 비주얼이 공개되기 직전에 나에게 이런 수수께끼를 던졌다.

"사와무라 양의 성장은 이제 아무도 막을 수 없어……."

"으음, 뭐…… 그럴 거예요."

에리리의 현재 능력이 이즈미의 콧대를 꺾고, 카토를 슬프게 만들 거라는 걸, 우타하 선배는 정확하게 예측했던 것이다.

"그건 그녀의 마음이나 소망과는 상관없는 영역에 돌입했어."

하지만…….

"그건, 내가 바란 거예요."

"윤리 군……?"

지금의 나는 에리리가 그렇게 된 원인을 없애는 짓만큼은 절대 하고 싶지 않았다.

"에리리는 두 번째 성장기를 맞이했다고요……."

"육체적으로는 도저히 그렇게 보이지 않는데……."

"……카시와기 에리는 현재 일러스트레이터로서 두 번째 성장기를 맞이했다고요."

이 상황에서 태클을 걸었다간 또 골치 아픈 상황이 벌어질 게 뻔했기에, 표현을 약간 정정해서 우타하 선배의 훼방을 흘러 넘겼다. 그리고 나는 진지한 표정으로 우타하 선배와 대치했다.

"그러니 그 녀석은 분명 이번 찬스를 자기 걸로 만들 거예요. 프로로서, 최단 거리를 나아갈 거라고요……. 우타하 선배와 함께 말이에요."

왜냐면, 그렇게 해주지 않는다면, 내가 ―를 부리고 있다는 걸 들킬 것이다.

"너와, 『blessing software』를 내버려 두고 갈지도 모르는데?"

"윽…… 그래도, 상관없어요."

"오기 부리기는……."

"오기 같은 게 아니에요……."

……결국 들키고 말았지만 말이다.

하지만 결심했다.

오기든 뭐든 간에, 더는 그 녀석을 억지로 깔보지 않기로…….

질투심에 휩싸인 채 과소평가하지 않기로…….

세간의 평가와 마찬가지로, 천재 일러스트레이터로 인정하기로…….

숭배, 하기로…….

"그녀가 앞으로 더욱 성장한 탓에, 카토 양과 하시마 양이 지금보다 더 상처 입게 될지도 모르는데?"

"그러니까, 내가 카토와 이즈미의 버팀목이 되어줄 거예요."

그렇다. 나는, 서클의 정신적 기둥이 될 것이다.

에리리가 서클을 나가서라도 성장하기를 바라고 만, 나 자신의 아집 때문에 힘들어하고 있는 그녀들에게 속죄하기 위해서.

"하렘 왕이라도 될 생각이야?"

"우타하 선배는 그런 나를 도와주려고 온 거죠?"

물론『하렘 왕』이라는 말은『정신적 기둥』이라는 의미지?

그리고『기둥』뒤에 서방 같은 걸 붙이는 건 절대 안 된다고.

"윤리 군은 세 소녀를 구하기 위해, 여신 한 명을 희생양으로 삼겠다는 거구나……."

"남들이 들으면 오해할 것 같은 발언은 자제해주실래요? 그리고 은근슬쩍 자기를 여신 취급하고 있죠?"

"글쎄?"

우타하 선배의 손가락이 내 볼에 닿았다.

하지만 그 손가락에서는 에로보다 자상함이 더 진하게 느껴졌다.

그래서 나는 이 사람에게 항상 어리광을 부리고 만다.

결국 신처럼 여기고 만다.

아마, 앞으로도 계속 말이다.

"그럼, 윤리 군…… 아니, 토모야 군."

그러니 지금부터 우타하 선배가 하는 말은 신의 말씀이다.

내가 전심전력을 다해 해내야만 하는, 하늘의 계시다.

"너는, 시나리오를, 써."

제6장

첨삭은 모순의 근원

『토모야? 이런 시간에 무슨 일이야?』

"에리리 너야말로…… 아, 너라면 깨어 있을 거라고 생각했어."

그리고 금요일…… 아니, 어느새 밤 열두 시가 지났으니 토요일 오전 0시경.

에리리는 내가 스카이프 통신으로 연락하자마자 바로 받더니, 졸린 기색이 느껴지지 않는, 아니, 오히려 약간 활기찬…… 목소리로 나를 향해 말했다.

하지만 그 표정과 목소리가 조화를 이루고 있는지는, 현재 통화 상황으로는 알 수가 없었다.

『오늘은 통화만 할 거야?』

그렇다. 오늘은 『제반 사정 때문에』 카메라를 끈 채 통화하고 있었다.

"응……. web 카메라 상태가 안 좋아서."

『말은 그렇게 해 놓고, 너는 지금 목욕 가운 차림이고, 뒤편에 있는 침대에 알몸으로 누워 있는 메구미가 담배를 피우면서 실실 웃고 있는 거 아냐?』

"진짜 그러면 완전 끝내주겠네! 나도 카토도, 음흉 그 자체잖아!"

『뭐, 너한테 그런 짓을 할 배짱이 있을 리 없지.』

"그건 배짱 좀 있다고 할 수 있는 짓이 아니라고……."

하지만『web 카메라가 고장』이라는 건 새빨간 거짓말이기에 약간 양심이 찔리기는 했다.

그리고 어쩌면 결과적으로 그 거짓말보다 더 심한 배신을 하게 될 가능성도…… 뭐, 그건 일단 제쳐 두자.

"그런데, 너는 지금 작업 중이야?"

『그래! 내 말 좀 들어봐, 토모야! 카스미가오카 우타하가, 마르즈가, 코사카 아카네가~!』

"잠깐만. 미안하지만 오늘은 그런 이야기를 들어줄 수가 없어."

2주 전, 무심코『이야기 해봐』하고 말한 덕분에 다음날 학교에서 하루 종일 졸아 댄 적이 있었다. 나와 에리리 둘다 말이다.

게다가 이 녀석은『아침까지 밤샘 통화』를 하면서도 작업을 계속했었던 것이다.

『그럼…… 메구미와의 약속에 관한 거야?』

"아~, 그것도 현재 열심히 스케줄 조정 중이니까, 언젠가 찾아올 낭보를 느긋하게 기다려주시면 감사하겠다고나 할까, 세상은 그렇게 만만하지 않다고나 할까……."

『정말이지…… 그럼 무슨 소리를 하려고 연락한 거야?』

에리리는 내가 방금 한 말을 듣고 약간 낙담하기는 했지만, 추궁을 하거나 기한을 제시하지는 않았다.

즉, 이 녀석도 이 일이 꽤나 부담스러운 사태로 발전했다는 사실을 이해한 것이다.

응. 정말 부담스럽네……. 누가 부담스러운 건지는 밝히지 않겠지만.

"아, 저기 말이야……. 에리리, 너 초등학교 입학식 때 일 기억해?"

뭐, 그건 일단 제쳐 두고…….

우리 사이에 산더미처럼 존재하는 의제들을 요리조리 전부 피한 후, 내가 선택한 화제는 바로 어릴 적의 추억이었다.

『왜 느닷없이 그런 걸 물어?』

"아, 방금 오랜만에 부모님과 초등학교 입학식 비디오를 봤거든. 그랬더니 너도 나오더라고."

『……왜 그런 소리를 나한테 하는 건데?』

"뭐, 초등학교, 그것도 입학식 때라면 딱히 문제 될 게 없잖아?"

『……뭐~, 그건 그래~.』

스피커에서 미묘~한 한숨이 들려온 후, 그 뒤를 이어 또 미묘~한 대답이 짜증 잔뜩 섞인 목소리로 들려왔다.

에리리가 초등학교 때나 중학교 때 이야기를, 특히 나와 하고 싶어 하지 않는 것은 과거에 있었던 일을 생각해볼 때 당연하다고나 할까…….

뭐, 지금도 언제 초대형 지뢰를 밟을지 모르니 가능하면 이걸 화제로 삼고 싶지는 않다.

"초등학교 교문 근처에 너와 내가 나란히 서 있던데…… 너, 기억해?"

『으음~, 글쎄~.』

"우리, 입학식 날에 처음 만났었지?"

『응. 그건 틀림없어. 나는 초등학교에 들어가기 전까지는 자동차를 타지 않고 외출해본 적이 없거든.』

"그, 그랬구나……. 역시 상류층 아가씨는 다르네."

『그런 게 아냐. 당시에는 몸이 약했단 말이야. 네 살 때 심각한 수두에 걸려서 발진 자국이 사라질 때까지 반년 넘게 가족 말고는 안 만난 적도 있다구.』

"아니, 그것도 꽤 상류층 아가씨다운 일인 것 같은데……."

『시끄러워.』

하지만 지금은 이 녀석의 『증언』이 필요했다.

"그리고 엄마한테 들었는데…… 우리 처음 만났을 때 엄청 심하게 싸웠다더라고. 기억나?"

『……으음~.』

그렇다. 그 때문에 일부러 부모님과 커뮤니케이션을 취했고, 듣고 싶지도 않고 기억에도 없는 흑역사까지도 알고 만 것이다…….

"왠지 처음으로 등교한 날에 내가 너한테 돌을 던져서 울렸고……."

『……자, 잠깐만 기다려! 잠깐만!』

"그리고 엄마가 너희 부모님에게 고개를 마구 숙여 대는 사이에, 화해를 한 너와 내가 같이 등교를 했다던데……."

『생각……났어!』

"어, 정말? 나는 전혀 기억이 안 나는데……."

에리리가 전생의 기억을 떠올리는 가운데, 나는 자신의 기억력과 손가락을 필사적으로 가동해서 다양한 정보를 기록했다.

"맞아! 토모야 너, 그때 진짜 너무했어! 내가 너희 집 앞을 지나가고 있을 때, 문밖으로 나온 너와 딱 마주쳤는데…….』

"그, 그랬구나. 그래서?"

『으음, 그러니까, 분명…… 맞아! 흡혈귀!』

"흡혈……귀?"

『그래! 너, 분명 나한테 이렇게 말했어! 「소멸하라~!」 하고 말이야!』

"그건…… 아! 언덕 위의 흡혈 저택?!"

바로 그 순간, 내 뇌리에서도 에리리와 같은 영상이 한순간이지만 재생됐다.

그렇다. 당시 근처 어린애들 사이에서는 언덕 위에 있는 저택에 관한 전설이 유행했던 것이다……

입학식 며칠 전.

우연히 근처에 사는 친구 집에 놀러 간 나는, 다른 애들과 함께 낮에 텔레비전에서 하던 영화를 봤다. 그리고 그것이 이 모든 일의 계기였다.

그 영화는 유럽에 있는 어떤 시골 마을이 무대였다.

그 마을 근처에 있는 언덕 위에는 낡았지만 정취 있는 저택이 존재했다.

하지만 그 저택의 주인인 백작의 모습을 본 사람은 한 명도 없었다.

그러나 밤이 되면, 금발을 지닌 새하얀 여자애가 때때로 창가에 서 있었다.

그렇게 불길한 저택에, 어느 날 도둑이 들었다.

인적 없는 저택 안을 실컷 뒤진 그들은 지하실로 이어지는 문을 발견했다. 그곳에 보물이 있을 거라고 생각한 그들의 가슴은 두근댔다.

그들의 생각대로 그 지하실에는 세계 각지에서 모은 금은보화가 잔뜩 쌓여 있었다.

그리고 그 지하실의 한가운데에는 보석이 박힌 호화로운 관이 놓여 있었다.

욕심 많은 도둑들은 그 관까지 건드렸고…….

……뭐, 지금 생각해보면 뱀파이어물의 전형적인 요소들을 적당히 모아서 만든 B급 호러 영화에 지나지 않았다.

하지만 초등학교에도 들어가지 않았던 어린 우리는, 그 섬뜩한 분위기에 사로잡힌 나머지 이불을 뒤집어쓴 채 부들부들 떨었다.

그리고 누군가가 말했던 것이다.

『토모야네 집 근처 언덕의 저택 말인데…… 거기에 금발 여자애가 살지……?』

"아아아아아아아아아아아아아~~~!"

『토모야, 자신의 죄를 떠올린 거지?!』

"어쩔 수 없잖아! 당시의 너는 엄청 무시무시했다고!"

『나는 아무 잘못 없거든?! 전부 네 착각이잖아!』

"하지만 당시의 너는 집밖에 안 나오는 데다, 피부도 새하얗고, 금발이었잖아! 완전 영락없는 흡혈귀네!"

『흡혈귀는 루마니아 사람이거든?! 나는 영국인이라구!』

"유치원생이 그딴 걸 어떻게 알아!"

절반만 영국인인 그 애는 영화에 나온 여자애처럼 엄청 고상하고 덧없으면서…….

그리고, 엄청…….

『그런데, 왜 금방 화해한 걸까……?』

"분명 너희 아버지가 그러셨을 거야…….『낮에 밖을 돌아다니는 우리가 흡혈귀일 리 없잖니?』하고 말이야……."

『……그 말을 듣고 바로 납득한 거야? 너무 쉽게 넘어간 거 아냐?』

"그야 당시의 나는 초등학교 1학년다운 두뇌와 솔직함을 간직하고 있었거든."

그리고 한번 생각이 나기 시작하자, 짜증이 날 정도로 짜증 나는 일들이 생각난 바람에 짜증이 솟구쳤다.

그때, 나와 동갑인 금발 여자애는 내가 싸움을 걸자 금방이라도 울음을 터뜨릴…… 아니다. 진짜로 울음을 터뜨렸다.

하지만 내가 부모님의 강요로 어쩔 수 없이 대충 사과하자, 금세 표정이 환해졌다.

아아, 당시의 부끄럽기 그지없는 내 심정이 생각나니 짜증이 솟구치네.

※　※　※

"그리고 그 다음에 본 건 시치고산#2 때 영상이야."

#2 시치고산(七五三) 3세, 5세, 7세가 되는 어린이들의 성장을 축하하기 위해 신사나 절을 참배하는 행사.

『우와~. 그것도 당사자에게 있어서는 부끄러워 죽을 것 같은 비디오겠네~.』

"……맞아."

오전 한 시 언저리.

입학식 때 일로 한 시간 가량 이야기꽃을 피운 우리는 드디어 당시의 일들을 얼추 다…… 아니, 전부 다 이야기한 후 다음 화제에 돌입했다.

『그런데 너는 다섯 살 때 뭘 입고 있었어? 기모노? 아니면 양복? 아~, 나도 그 비디오 보고 싶다~.』

"……에리리여. 너는 아무래도 엄청난 착각을 하고 있는 것 같구나."

『뭐? 웬 착각?』

"내가 본 건 다섯 살 때 비디오가 아니라…… 일곱 살 때야."

『……뭐?!』

"짐작이 되겠지만 나는 거의 찍혀 있지 않았어. 그 대신 예쁘게 꾸민……."

『아아아아아아, 그만해, 그만해, 그만해~!』

그렇다. 그 다음 영상을 보면서 떠올린 것은 초등학교 1학년 가을 때의 일이다.

7세…… 아, 3월에 태어난 에리리에게 있어서는 6세 때의 시치고산이다.

"이야, 하나도 변하지 않았던걸~."

『그렇지 않아! 그건 10년도 전에 찍은……』

"아니, 네가 아니라 사유리 씨 말이야."

『우, 우리 엄마?!』

녹색을 띤 일본 전통 복장을 입은 금발 인형 옆에서는, 같은 무늬를 지닌 붉은색 전통 복장을 입은 젊은 아주머니가 딸보다 더 들뜬 반응을 보이고 있었다.

뭐, 당시에는 딱히 문제가 될 것이 없었다.

하지만 그 후로 10년 넘게 흐른 지금도 외모가 전혀 변하지 않았다는 게 문제이며…….

"역시 너희 가문, 진짜로 흡혈귀인 거 아냐?"

『으음, 엄마는 100% 일본인인데…… 평범한 인간인지는 모르겠어.』

아무튼, 당시나 지금이나 사와무라 가문에는 재미있는 화제가 잔뜩 있었다.

영국 외교관인 아버지 또한 엄격하면서도 화려한 직업을 지녔음에도 불구하고, 딸바보스러움을 마구 드러내며 비디오 속에서 목소리만으로 존재감을 과시하고 있었다.

이 조급함과 쉴 새 없이 움직이는 혀만 봐도, 내 오타쿠 방면 스승님다웠다.

※　※　※

오전 한 시 반.

우리의 『초등학교 저학년 시절까지의』 추억은 바닥날 줄 몰랐다······.

『자, 다음 화제는 뭐야? 이제 웬만한 이야기로는 눈도 깜짝 안 할 거라구.』

"그래? 다음 비디오는 초등학교 3학년 때의 가을 운동회였는데······."

『············.』

아니, 그렇지 않다.

우리 사이에는 공통적인 이야깃거리가 동나버리는, 특정 시기가 존재한다.

"실은 그게 마지막 비디오였어. 부끄러우니까 찍지 좀 말라고 당시에 부모님에게 말했거든."

『그랬구나······.』

초등학교 3학년이라는, 역사의 전환점.

그 비디오에는 지금까지는 빠짐없이 나왔던 금발 동급생이 나오지 않았다.

"에리리 넌 그 운동회 기억나?"

『기억 안 나.』

"나는 기억나······. 그러고 보니 너 그날 학교 쉬었지?"

『기억 안 난다고 방금 말했잖아.』

"그때, 나는 달리기를 하다 넘어져서 실격했어······. 뭐, 넘어지지 않았더라도 꼴찌였겠지만."

『그날 학교를 쉰 내가 그걸 봤을 리가 없잖아.』

"덕분에 아무래도 상관없기는 해. 그래도 새록새록 기억이 난다니깐……. 분명 옆 코스에서 뛰던 녀석이 발을 걸었는데……. 그 녀석 이름도 생각 안 나지만 말이야."

『……토모야. 이제 그만하자.』

방금까지만 해도 에리리의 목소리는 환했지만…….

어느새 목소리도, 말투도, 태도도 전부 다 시들어버린 것처럼 가라앉았다.

"딱히 푸념하는 건 아냐. 그저 옛날에 있었던 일을 말하는 것뿐이라고."

『이제 와서 그때 일을 떠올릴 필요는 없잖아.』

뭐, 먼저 말을 꺼낸 내가 이렇게 분석을 하면 성격 더러운 녀석 같을 것이다.

아니, 진짜로 성격이 더러운 녀석이다.

"저기, 에리리……. 우리는 화해했지?"

『그래. 이제 우리 사이에 응어리는 없어. 그러니까…….』

"하지만 그건 서로가 옛날에 했던 일을 용서했을 뿐이잖아. 서로를 이해한 건 아니지?"

하지만, 이제부터가 본론이다.

『……하고 싶은 말이 뭔데?』

"서로를 이해하고 싶어."

『토모야, 너…….』

"네가 그때 어떤 생각을 하고 있었는지 알고 싶어."

에리리와, 당시의 기억을 공유한다.

이 녀석이 그때 어떤 심정이었는지…… 슬펐는지, 개운했는지, 분했는지, 아무래도 상관없었던 건지…….

지금까지 멀리해 왔던 금단의 영역에 뛰어든 것이다.

『왜 그런 걸 알고 싶은 건데?』

물론 에리리가 저항할 것은 예상했다.

『이제 끝난 일이잖아. 우리는 이제 괜찮다고 토모야가 자기 입으로 말했잖아.』

아니, 타인이 아무런 이유도 없이 이런 질문을 던졌을 때, 순순히 대답할 수 있을 리가 없다.

"응. 우리는 이제 괜찮아……."

그렇기에 나는 명쾌한 이유를 제시했다.

"하지만 그걸 알지 못하는 한, 나는 카토를 설득할 수 없어."

에리리가 지금 가장 원하는 것을, 미끼로 삼았다.

"나는 아직, 가슴을 당당히 펴고 카토에게 「에리리를 믿어」 하고 말할 수 없어."

『토모야…….』

에리리의 가라앉은 목소리에, 희미하게 울음이 섞였다.

"안 그래? 나도 너와 화해를 한 이유를 명확하게 알지 못해.

그런 상황에서 어떻게 카토에게 괜찮다고 말할 수 있겠어?"

하지만 나는 상대가 에리리라도 봐주지 않았다.

어리광을 받아주지도, 깔보지도 않았다.

"너는 카토를 좋아하지? 그렇다면 대가를 지불해!"

그저, 한 사람의 인간으로서…….

2차원 오타쿠인 내가 거북해하는, 3차원 여자애로 대했다.

『그러는 토모야 너도…….』

"좋아. 그럼 나도 솔직하게 전부 이야기할게."

『뭐……?』

"내가 그때 어떤 생각을 하고 있었는지 전부 솔직하게 말해주겠어. 그러니까 너도 전부 이야기해."

그렇기에 3차원 특유의 흥정을 시작했다.

우타하 선배에게 직접 전수받은, 남자로서 비겁하고, 인간적으로 볼 때 악랄하기 그지없는 수단으로, 에리리를 궁지에 몰아넣었다.

『……혹시 나를 함정에 빠뜨린 거야?』

"그래……. 『blessing software』를 위해서라면, 나는 뭐든 할 거야."

그렇다. 뭐든 할 것이다.

카토, 그리고 이즈미를 위해서라면…….

미치루, 이오리, 우타하 선배의 도움을 헛되이 하지 않기 위해서라도…….

나는 에리리를 배신하고, 에리리에게 고백한다.

제7장

애니메이션 각본을 담당하기 정말 잘했어(재활용이라는 의미에서)

『밖이 훤해졌네.』

"그래."

『그럼 나는 슬슬 잘래.』

"응. 잘 자."

『……저기, 토모야.』

"응?"

『딱 한 번만이라도 좋으니까, 네 얼굴을 보여줘.』

"……그건 괜찮지만, 내 얼굴 지금 엄청 심각한 상태일걸?"

『아, 그건 피차일반이겠네. 뭐, 어차피 월요일에 학교에서 볼 거니까 됐어.』

"옛날 일들을 캐물어서 미안해."

『괜찮아.』

"정말?"

『응. 전부 지나간 일이잖아. ……지금의 우리에게 영향을 끼치지 않는 일이니까, 괜찮아.』

"에리리……."

『토모야, 내 말 맞지?』

"응."

『그럼 안녕.』

"그래."

여섯 시간…….

에리리와 통화를 시작하고 그렇게 방대한 시간이 흘렀다.

요즘 들어 주말의 일과가 되어버린 것처럼 밤샘을 한 나는, 밝아 오기 시작한 창밖의 하늘을 올려다보았다. 그러자 어중간하게 먹구름으로 뒤덮여 있는 하늘이 눈에 들어왔다.

그 하늘의 빛깔과 밝기는 지금의 내 심정을 단적으로 표현하고 있었으며…….

"미안해, 에리리."

이렇게 편안하게 「잘 자」라는 말을 서로에게 할 수 있는 사이인데도…….

"이런 짓을 벌여서 정말 미안해."

마음속에 마지막까지 박혀 있던 조그마한 가시를, 나는 무시할 수 없었다.

그런데도…….

"네 시간만 자고…… 열 시부터 시작하자."

나는, 앞으로 나아갔다.

※　※　※

그리고 네 시간 후, 오전 열 시 정각.

15분 전에 잠에서 깨어난 나는 세수를 한 후, 가벼운 아침 식사를 마쳤다.

그리고 자연스럽게 책상 앞에 앉았다.

"우선 캐릭터 이름을……."

나는 우선 텍스트 파일 두 개를 펼친 후, 거기에 적혀 있는 내용 중 일부를 복사해서 아무것도 적히지 않은 텍스트 파일에 붙여넣었다.

그리고 붙여넣은 파일을 작업용으로 삼고, 다른 파일을 닫았다.

"이름에 시간을 빼앗기고 싶지 않으니까…… 일단 가명으로 작업한 다음, 나중에 한꺼번에 수정하면 되겠지."

마치 자기 자신을 향해 말하듯 그렇게 중얼거린 나는 잠시 동안 멈춰 있던 손가락을 움직여서, 파일 가장 윗줄에 있는 문장을 아래와 같이 수정했다.

■히로인 개별 시나리오 : 사와무라 에리리(가명) 루트

제5.5장

일단 출연 분량을 조금만 더 늘릴게요

"……잠깐만요. 우타하 선배, 지금 무슨 소리를 하는 거예요?!"

"윤리 군이야말로 무슨 소리를 하는 거야?"

<small>제5장 라스트에서 이어짐</small>
사흘 전, 수요일 밤.

<small>우타하 선배</small>
신께서 내리신 계시는, 그녀를 숭배하는 나조차도 「신이시여, 맡겨만 주시옵소서」하고 웃으면서 대답할 수 있는 내용과는 거리가 멀었다.

그녀가 나에게 알려준 것은, 카토와 에리리를 화해시킬 방법.

이즈미를, 에리리의 속박에서 해방시킬 방법.

그 두 가지를, 에리리의 크리에이터로서의 성장을 방해하지 않으며 이뤄 낼 유일한 방법이었다.

"이렇게 끝내주는 소재를 왜 작품에 활용하려고 하질 않아?"

"소재, 라니……."

그것은 바로 시나리오 작성이다.

에리리『본인』을 내 게임의 히로인으로 삼는 것…….

카토에 이어, 두 번째『실존 인물을 적용한 게임 히로인』을 완성시키는 것…….

"당연한 거잖아. RPG라면 전투로 해결, 유○왕이라면 카드로 해결, AOB라면 가위바위보로 해결…… 그리고 우리 같은 크리에이터는 작품으로 해결할 수밖에 없어."

"에리리를 시나리오 소재로 삼으라는 거예요?"

우타하 선배의 비유는 궤변 그 자체인 듯한 느낌이 들지 않는 것은 아니지만, 지금은 신의 변덕에 놀아날 때가 아니다.

"너는 이미 카토로 그런 짓을 했잖아."

"하, 하지만 카토는 내 게임의 콘셉트 그 자체잖아요……. 게다가 행동과 대사, 이벤트 같은 단락적인 캐릭터성만 가져 왔다고요."

"사와무라 양을 게임에 집어넣는 건 다르기라도 하다는 거야?"

"그게, 에리리를 소재로 삼으면 이야기가 그대로 들어가게 된다구요……."

그렇다. 우타하 선배가 그걸 모를 리가 없다.

나와 에리리의 불화를 1년 넘게 지켜봐 왔고, 최종적으로는 에리리의 편에 섰으며, 지금도 나를 대신해 그 녀석을 지키고 있으니까 말이다.

그런 우타하 선배는 나만이 아니라 에리리에게 있어서도 신 같은 존재…… 뭐, 그 녀석이 실제로 어떻게 생각하고 있는지는 일단 제쳐 두고.

아무튼, 우리 둘의 신께서는…….

"그러니까 너희 두 사람의 에피소드는 충분히 재미있는 스토리잖아."

"뭐……."

태연자약하게 하계의 인간들을 유린했다.

"사와무라 양이 어떤 사람인지, 화해해도 되는 사람인지, 화해해야만 하는 사람인지 그리고 네가 사와무라 양을 어떻게 생각하는지…… 그걸 시나리오로 만들어 카토 양에게 보여주는 거야."

"카토, 에게요?"

"그러면 카토 양은 사와무라 양의 본질을 접할 수 있을 거야…… 그녀를 용서할 마음이 생길지도 몰라."

"왜 시나리오로 만들어야 하는 건데요……. 직접 이야기해주면 되잖아요."

"네가 할 수 있겠어? 카토 양에게 직접, 그렇게 뿌리 깊고, 난해하며, 때때로 추악하기도 한 마음을, 정확하게, 부끄러워하지 않으며, 주저 없이 전달할 수 있겠어? ……나도, 불

가능한데?"

"으……."

그뿐만 아니라, 내가 『사람에게 마음을 전하지 못하는 오타쿠』라는 사실마저 꿰뚫어 보고 있었다.

"윤리 군. 재미있는 이야기는 사람의 마음을 움직일 수 있어. ……그것도 무의식까지 말이야."

"무의식……."

그리고 우타하 선배는 또 하나의 문제에도 같은 방식으로 접근했다.

그렇다. 무의식을 품고 있는 사람은 카토가 아니라…….

"그러니까, 하시마 양을 네가 만든 이야기의 세계로 끌어들이는 거야. 그리고 그 이야기에 어울리는 그림을 그리게하는 거지."

이 사람은 진심으로, 모든 문제를 『이야기』로 해결하려 하고 있었다.

"그녀가 남의 영향을 받을 짬도 없도록, 네 이야기가 그녀에게 영향을 끼치면 되는 거야."

우타하 선배의 눈동자에는 뭔가가 어려 있었다.

그것은 예전에 몇 번 본 적이 있는, 크리에이트 모드일 때의 그녀다.

내가 학을 뗐고, 공포에 떨었으며 또한 동경했던…….

"그렇게 하면, 너는 자신의 이야기에 걸맞는 그림을 손에 넣을 수 있어…… 네 자신의 힘으로 말이야."

나 또한 저렇게 되고 싶다고 잠시나마 생각하게 만들었던, 인간을 포기했을 때의 눈동자다.

제7.5장

이번 장이 이 시리즈의 에로 게임화를 보증하지는 않습니다

이벤트 번호 : 에리리01

종류 : 강제 이벤트

조건 : 공통 루트 2일차(개학식)에 반드시 발생

개요 : 개학식 날, 클래스메이트들이 인기가 많은 에리리에게 차례차례 말을 건넴

〈BG : 교정〉

〈SE : 학생들의 술렁거림〉

【주인공】「오…….」

교정을 가로질러 교내 게시판 쪽에 가보니, 수많은 인파가 눈에 들어왔다.

매년 어느 학교에서나 개학식 날에 벌어지는 정례 행사인, 학급 배치 발표가 대대적으로 이뤄지고 있는 탓이리라.

　　그렇다면 나도 그냥 무시하고 넘길 수는…… 아니, 애초에 어느 반인지 모르면 교실에 갈 수도 없다.

　　나는 가능한 한 인파에 휩쓸리지 않도록 구석 쪽에서 서서히 게시판으로 다가가다…….

　　【주인공】「아…….」

　　그 인파 속에서 한층 더 인구 밀도가 높은 지역을 발견하고, 걸음을 멈췄다.

　　【여학생1】「안녕, 사와무라 양.」

　　【에리리】「아, 응. 안녕, 이시마키 양. 사토미 양도 반가워.」

　　인파에 휩쓸린 상태에서도 존재감을 뽐내고 있는 금발을, 그 중심에서 발견했기 때문이다.

　　【여학생2】「아, 저기 좀 봐. 우리 둘 다 G반이네!」

【에리리】「그, 그렇구나. 1년 동안 잘 부탁해.」

『사와무라 양』이라고 불린 소녀의 주위에 동급생들이 몰려들더니 『안녕~』, 『잘 지냈어~?』, 『오래간만~』 같은 소리를 해 대고 있었다.

그리고 『사와무라 양』 또한 『안녕, 타사키 양』, 『하시즈메 양이야말로 잘 지냈어?』, 『정말 오래간만이네, 오오타니 양』 하고 인사를 건넸다. 깊은 우정, 혹은 뛰어난 기억력을 과시하기 위해 일일이 표현에 차이를 두면서 말이다.

아무래도 2학년 G반이 된 모양인 『사와무라 양』의 풀 네임은 사와무라 에리리다.

1학년 때부터 학교의 아이돌로서 높은 인기를 구가했던 미소녀.
그리고 1학년 때부터 전람회에서 입선했던 미술부 에이스.

교내에서도 1, 2위를 다툴 정도로 유명한 인물인 만큼, 내가 그녀의 존재를 모를 리가 없다.
아니, 그런 표면적인 반응은 아무래도 상관없다.

내가 이 사기꾼 상류층 아가씨…… 아니, 사와무라 에리리를 알게 된 것은 같은 고등학교에 다니게 된 후부터가 아니다.

그것은 먼 옛날부터 계속되어 온, 지긋지긋한…….
아니, 관두자. 오늘은 개학식 날이니까.

※　※　※

"……왠지 주인공이 너무 삐뚤어진 것 같은데 말이지."
토요일, 오전 열한 시 반.
드디어 두 번째 영광의 궤적…… 『blessing software』 제2탄 작품 『시원찮은 그녀를 위한 육성방법(가제)』의 시나리오 집필이 시작됐다.

그리고 원래 기념비적인 첫 집필 시나리오로 예정되어 있었던 것은, 메인 히로인인 카노 메구리와의 만남을 그리는 공통 루트 1일차였다. 하지만 피치 못할 사정으로 예정을 변경해 히로인 사와무라 에리리(가명)가 첫 등장하는 공통 루트 2일차, 그것도 에리리(가명) 등장 신부터 시작했다.

에리리가 첫 등장하는 이 장면을 통해, 제작 측이 유저에게 제시하고 싶은 것은 아래와 같다.
우선, 이 히로인이 교내에서도 평판이 좋은 미소녀라는 점.

게다가, 유복한 가정에서 자란 상류층 아가씨라는 점.

하지만, 미모와 집안을 가지고 거들먹거리지 않으며 누구에게나 상냥하기에, 남자에게 있어 그야말로 이상적인 여자애라는 점.

……그리고, 그런 축복받은 환경에서 살고 있지만, 마음속에 공허함이 존재한다는 점.

그녀의 싹싹한 태도가 사실 의도적인 연기에 불과하다는 점.

그리고 그 연기 때문에 그녀가 스트레스를 받고 있다는 점.

단, 후반부의 부정적인 요소는 이 단계에서 징후만 드러내서 유저에게 약간의 위화감만 안겨줄 것.

이 플롯은 딱히 망상이 아니다.

……아니, 그런 성분이 조금은 들어 있을지도 모른다.

하지만 어디까지나 본질은『한없이 논픽션에 가까운 픽션』이다.

나와 에리리의 브레인스토밍을 통해 얻은, 지독하게 현실적인 허구인 것이다.

그녀는 아까 말했다.

서클에 들어가기 전까지의 학교생활은『지루했다』고 말이다.

그 녀석이, 반이나 동아리에서 친구들에게 짓던 미소에는 진심이 실려 있지 않았다고…….

아니, 그녀들을『친구』라고 생각하지 않았다고…….

그 점에 대해 냉정하게 생각해보면, 자신의 친구들을 꽤나 무례하게 여기는 성격 나쁜 히로인인 것 같지만……

그녀가 품고 있는 어둠의 이유 또한, 시나리오가 진행될수록 점차 밝혀진다.

뭐, 그런 절묘한 전개를 만드는 것은 매우 어려울지도 모르지만, 미세하게 조정하면서 어찌어찌 해볼 수밖에 없다.

정보는 한꺼번에 전부 제시하지 말고, 조금씩 알려준다.

『다음 내용이 궁금해지는 시나리오』를 만들기 위한 철칙이다.

※　※　※

이벤트 번호 : 에리리02

종류 : 강제 이벤트

조건 : 공통 루트 4일차에 반드시 발생

개요 : 복도에서 에리리와 대화. 그녀의 본성이 드러남

〈BG : 교실〉

방과 후, 내가 졸다가 깨보니, 어느새 교실 안은 텅텅 비어 있었다.

〈SE : 교실 문, 열림〉

　오늘 수업이 다 끝났는데도 깨워주지 않은 매정한 반 애들 때문에 분개하면서 교실을 나서니, 복도는 어느새 저녁노을에 의해 붉은색으로 물들어 있었다.

〈BG : 복도〉

【에리리】「저기, 잠깐만.」

【주인공】「에리리……?」

　노스탤지어가 느껴져도 이상하지 않을 듯한, 그리고 아무도 없을 거라고 생각했던 복도에서 귀에 익은 여자 목소리가 들려왔다.

【주인공】「별일이 다 있네. 네가 직접 나한테 말을 걸다니 말이야. 반 애들이 보면 어쩌려고 그래?」

　귀에 익은 것도 당연했다. 그 목소리의 주인은 바로 다른 반의 금발 아가씨였던 것이다.

【에리리】「괜찮아. 지금 이곳에는 아무도 없거든. 방금 미술실에 그림 도구를 두고 왔다고 거짓말을 했더니, 다들 앞다퉈 대신 가지러 가줬어.」

【주인공】「……넌 여전히 성격이 끝내주는구나. 그런데 무슨 일이야?」

금발 아가씨, 사와무라 에리리는 평소처럼…… 정확하게 말하자면 평소 나와 단둘이 있을 때처럼 두 팔을 교차시키더니, 조신하기 그지없는 가슴을 최대한 크게 보이게 하기 위한 눈물 나는 노력을 하면서 나를 노려보았다.

【에리리】「무슨 일? ……설마 내가 너처럼 얼굴도, 성적도, 운동 신경도 평균 이하인 너 같은 남자에게 볼일이 있을 거라고 생각하는 거야?」

【주인공】「방금 『저기, 잠깐만』이라는 말을 한 사람은 대체 누구였을까요? 예? 사와무라 양.」

다른 애들도 슬슬 이 녀석의 본성을 눈치채는 편이 좋을 것 같은데 말이야.

【에리리】「……어제, 역 앞 카페에서 여자애랑 같이 있었지?」

【주인공】「아~, 카노 말이구나.」

【에리리】「흐음~, 이름이 카노구나. 그 애, 우리 학교 교복을 입고 있었다던데. 너, 갓 입학한 신입생을 꼬신 거야?」

【주인공】「저기, 카노는 신입생이 아닌데…….」

뭐, 나 또한 카노 메구리와 1년 동안 같은 학교에 다녔으면서도 얼마 전까지 인식조차 하지 못했으니, 이런 말을 할 자격은 없지만 말이다.

【에리리】「진짜 거의 모든 면에서 평균 이하인 주제에, 여자 꼬시는 것만큼은 총알 같다니까…….」

【주인공】「……에리리 양? 제 말을 듣고 있습니까?」

※　※　※

토요일, 오후 세 시.

초여름의 강렬한 햇살……은 어디 가버렸는지, 슬슬 장마 준비가 끝난 것처럼 금방이라도 울음을 터뜨릴 것 같이 흐린 하늘 아래에서, 내 시나리오 작업은 착착 진행됐다.

에리리(가명)의 두 번째 등장 신이자, 처음으로 주인공과의 대화가 발생하는 이벤트다.

이 장면은 주인공에 대한 그녀의 태도와 감정이 처음으로 밝혀지는 중요한 역할을 맡고 있다.

……츤데레의 정석에 따라, 인상은 최악이었지만 말이다. 하지만 『끌어내린 후 띄워준다』에서 끌어내리는 부분에 해당하니 뺄 수 없다.

그리고 두 번째 포인트는, 메인 히로인인 카노 메구리에 대한 그녀의 태도다.

이것은 앞으로의 시나리오 전개에서 중요한 복선이 될 예정이기 때문에, 꽤 노골적으로 신경 써서 묘사했다.

그리고 세 번째, 에리리의 묘사에서 전체적으로 신경 쓴 것은, 나…… 아니, 주인공에 대한 『지나칠 정도의』 적개심과, 주인공의 『의도적인』 무관심을 대비시키는 것이다.

……사실 우리는 고1 때 서로에 대한 의견 차이 때문에 약간…… 아니, 꽤나 말다툼을 벌였다.

에리리는, 내가 그녀에게 좀 더 관심을 가지며 다가갔다면 더 빨리 관계를 회복할 수 있었을 거라고 주장했다.

『내가 다가가도, 네가 무시했으니 어쩔 수 없잖아!』

『하지만 토모야는 새로운 친구를 만들었잖아! 게다가 나와는 달리, 진짜로 즐거워 보였다구……!』

그런 억지…… 아니, 말다툼을 벌였던 것이다. 나 때문에 더 소외감을 느꼈다고? 그럼 나보고 뭘 어쩌라는 거야…….

정말, 배배 꼬이고, 삐뚤어진 데다, 원망만 잔뜩 해 대는 이딴 금발 히로인은 완전 최악이다.

※　※　※

이벤트 번호 : 에리리03

종류 : 선택 이벤트

조건 : 공통 루트 6일차 이후, 에리리를 선택했을 때 발생

개요 : 에리리와 메구미, 퍼스트 콘택트.

〈BG : 카페〉

【에리리】「흐음, 네가 카노 메구리구나…….」

에리리는 맞은편에 앉은 카노를 뚫어져라 올려다보았다.

【메구리】「저, 저기, 〈주인공〉 군…… 왠지 사와무라 양이 나를 마구마구 노려보고 있는 것 같은데…….」

참고로 두 사람은 키가 비슷한데도 올려다보고 있다는 표현을 쓴 것은, 에리리가 카노의 턱을 향해 얼굴을 쑥 내밀더니 어마어마하게 험악한 눈매로 그녀를 노려보고 있었기 때문이다.

【주인공】「신경 쓰지 마. 저 녀석, 엄청난 근시라서 눈매가 험악해 보이는 것뿐…….」

【에리리】「지금은 콘택트를 끼고 있지만 말이지.」

【주인공】「……남이 모처럼 감싸주려는데, 꼭 그렇게 초를 쳐야겠어?」

그리고 나쁜 것은 눈매만이 아닌 듯했다.

【에리리】「흐음. 네가 〈주인공〉의…….」

【메구리】「으, 으음~, 같은 반, 이에요.」

【에리리】「딱히 같은 반이든, 애인이든, 오타쿠 동지든, 잠자리 친구든, 나와는 상관없어~.」

【메구리】「저기, 마지막 건 지나치게 무례한 말 같은데…….」

그리고 눈매 이외의 나쁜 것 쪽이 비교적 초극악하다는 건 말할 필요도 없을 것이다.

【주인공】「그게 이 녀석의 본성이야. 학교에서는 완벽하게 감추고 있지만 말이야.」

【에리리】「시끄러워.」

그 사실을 증명하듯, 테이블 밑에 있는 내 정강이에 가죽 신발을 신은 발끝이 꽂혔다.
역시 본고장인 유럽에서 생산된 진짜 가죽으로 만든 거라서 그런지…… 무지막지하게 아프네!

【에리리】「나에 대해 뭐든 다 안다는 듯이 지껄이지 마. 어릴 적부터 좀 알고 지냈을 뿐이잖아.」

【주인공】「아야야……. 어릴 적부터 좀 알고 지냈을 뿐인 녀석한테 이런 짓 좀 하지마라.」

　에리리는 방금 공격보다 어찌 보면 더 아픈, 세 치 혀로 펼치는 토 킥을 나에게 날렸다.
　……그건 가죽으로 충격을 차단할 수 없는 만큼 공격을 날린 쪽도 대미지를 입겠지만, 그런데도 이 녀석은 이 공허한 공격을 계속 펼쳐 댔다.

【에리리】「흥.」

【주인공】「흥.」

【메구리】「흐음. 〈주인공〉 군과 사와무라 양은 꽤 사이가 좋구나. 진짜로 몰랐어.」

【주인공·에리리】「누가 누구랑 사이가 좋다고?!」

　이런 우리의 껄끄러운 관계를…….
　특유의 멍함을 발휘한 카노는 액면 그대로 받아들이지는 않았다.

※ ※ ※

"우와, 이대로는 안 돼. 안 된다고……. 이래서야 미움받기 딱 좋은 히로인이잖아……."

여기까지 시나리오를 쓴 후, 나는 쓰레기 그 자체라 해도 과언이 아닌 에리리(가명) 때문에 머리를 감싸 쥐었다.

이대로 있다간 에리리(가명)는 지뢰녀라든가, 의존증 여동생이라든가, ○색의 악마라든가, 그쪽 방면의 평판을 받는 캐릭터가 되어버릴 것이다.

……아, 이건 어디까지나 이 히로인의 모델이 된 사람이 진짜로 쓰레기 같다는 게 아니라, 캐릭터에게 그런 인상을 조작하고 만 내 탓이니 오해하지 마시길.

진짜로 오해하지 말라고……. 나 자신아.

"역시 이 시나리오는 지워야 하나……."

약간 폭주하고 만 손가락을 달래기 위해, 나는 Ctrl+A를 눌러 모든 텍스트를 선택한 후, 백스페이스 버튼을 향해 손을 뻗었지만……

"아…… 잠깐만 있어봐."

잠시 동안 생각에 잠긴 후, 그냥 미세 수정을 하기로 했다.

"이 이벤트 앞에 모에 이벤트를 넣으면 밸런스가 잡힐 거야……. 응. 틀림없어."

그렇다. 이벤트 번호를 에리리03에서 에리리04로 수정한 것이다…….

그 뒤를 이어 신규 파일을 펼친 나는 가장 위의 줄에 에리리03이라는 글자를 입력했다.

이번에야말로, 웃음과 모에를 통해 이 캐릭터를 좋아하게 될 만한 이벤트를 만들자는 숭고한 사명감에 불타면서…….

토요일, 오후 7시 45분.

이미 어두워진 창밖에서 들려오는 울적한 빗소리가 방 안을 가득 채우고 있었다.

에리리(가명)의 언동과 태도는 그대로 유지하되, 그녀와 메구리가 처음(서로를 인식한다는 의미에서) 만나는, 스토리상 카토에게 보내는 메시지에 가까운 중요한 신이다.

상류층 아가씨이자 교내의 인기인인 에리리는 이때, 메구리에게 본성을 드러내고 말았다.

지금까지 격렬한 본성을 완벽하게 숨겨 온(일부 제외) 그녀가 메구리에게…… 아니, 카토에게『어찌 보면』마음을 연 이유가 뭘까?

어느 정도는 나 때문이라는 점은 두 사람 다 인정할 것이다. 그래도『그럼 카토가 아니라 다른 사람이라도 그랬을 거야?』하고 내가 묻자, 에리리는 딱 잘라 부정했다.

처음 만났을 때…… 에리리는 카토에게서 적개심과는 다

른 강렬한 인상을 받았다.

그것이 카토의, 너무나도 옅은 인상을 자아내는 캐릭터성에 기인한 것이라면 여러모로 좀 그럴 것이다.

하지만 에리리는 그 탓에 다른 여자애들 앞에서처럼 연기하지 못했다.

그것은 그녀에게 있어, 몹시 획기적인 일이었다…….

※　※　※

이벤트 번호 : 에리리06

종류 : 선택 이벤트

조건 : 공통 루트 5일차 이후, 에리리를 선택했을 때 발생

개요 : 메구리와의 데이트에 대해, 에리리와 의논함

〈BG : 통학로〉

【에리리】「네가 데이트를 한다구……?」

【주인공】「아니, 그러니까 같이 쇼핑을 가는 것뿐이야. 로쿠텐바 몰에서 오픈 세일이라는 걸 한대서 같이 가는 거라고.」

【에리리】「그런 걸 데이트라고 하는 거야. 꼴사나우니까 변

명하지 마.」

【주인공】「데이트……인가? 딱히 그런 느낌은 아닌 것 같은데……..」

【에리리】「흐음, 그래? 그럼 네 말대로 『같이 쇼핑을 가는 것뿐』이라면, 남과 의논하지 말고 그냥 당당하게 가면 되겠네.」

【주인공】「으으, 미안! 잘못했어! 너는 남자와도, 여자와도 자주 놀러 다니지? 그러니까 이럴 때 어떻게 하면 좋은지 가르쳐달라고!」

【에리리】「……방금 그 말을 들은 순간, 도와주고 싶은 마음이 싹 가셨어.」

【주인공】「뭐? 왜?」

【에리리】「……됐어.」

그 순간, 에리리는 한숨을 내쉬면서 나를 바보 취급하는 듯한…….

아니, 약간 속상한 표정을 지었다.

하지만 에리리의 그 표정에 담긴 의도를 이해하지 못한 나는 결국 얼간이 같은 리액션을 취할 수밖에 없었다.
그 결과, 에리리는 다시 나를 바보 취급하는 표정을 지었다.

【에리리】「데이트에서 실패하지 않는 건 간단해. 무승부를 노리기만 하면 되거든.」

【주인공】「무승부……?」

【에리리】「그래. 어느 정도 사전 조사를 해 두고, 가능한 한 상대방의 대화에 맞춰주며, 상황이 나빠지면 미소로 얼버무리는 거지.」

【주인공】「뭐? 미소?」

바로 그때, 에리리는 나를 향해 끝내주는 미소를 지었다.

그것은 이 녀석의 본성을 모르는 이가 본다면 무심코 가슴이 뛸 것만 같은…….
그리고 이 녀석의 본성을 아는 녀석이 본다면 무심코 소름이 돋을 것만 같은, 겉치레 느낌이 물씬 나는 완벽한 미소였다.

【에리리】「상대방이 무슨 생각을 하는지 몰라도 일단 미소를 지어. 괜한 질문은 자제해. 상대방의 발언을 무조건 긍정하는 거야. 그리고 내 주장을 억지로 밀어붙이는 건 절대 하지 말고…….」

【주인공】「……그럼 재미없지 않아? 모처럼 같이 있는데, 좀 더 진한 시간을 보내고 싶어 하는 게 정상 아냐?」

【에리리】「……그런 생각은 해본 적 없어. 태어나서 지금까지, 단 한 번도…….」

【주인공】「에리리?」

그리고 다음 순간, 에리리의 그 미소는 마치 비누 거품이 터지듯 순식간에 부질없이 사라졌다.

『표정이 쉴 새 없이 바뀐다』는 감수성이 풍부한 사람을 칭찬하기 위한 표현일 테지만…….
왠지 방금 에리리의 『쉴 새 없이 바뀐』 표정은 전혀 다른 느낌을 지닌 것처럼 느껴졌다.

그것도 그다지 좋지 않은 느낌을 말이다.

※　※　※

"윽, 시간이 벌써 이렇게 됐네."

시계를 보니, 어느새 밤 열두 시가 지났다. 전혀 경사스럽지 않게, 일요일에 돌입한 것이다.

빗소리는 여전히 잦아들지 않았고…… 아니, 방금 천둥 번개가 친 것 같았지만 너무 집중한 탓에 기억이 나지 않았다.

문득 화면에 표시된 「에리리 루트」 폴더를 보니, 토요일 하루 종일 고생해서 완성한 여섯 개의 시나리오 파일이 그 안에 들어 있었다.

이걸로 에리리 루트 전체의…… 아, 이게 몇 할 정도인지는 아직 알 수 없다.

원래는 분량과 구성을 정한 후 작업을 시작해야 하지만, 나는 그런 방식을 취하지 않았다.

일단 지금은 계속 써 나가야만 한다.

고치고, 다듬고, 정리하는 것은, 다 쓴 후에 하면 된다.

쓰고, 쓰고, 또 써서…… 에리리와 나눈 대화를, 카토에게 전하고 싶은 메시지를, 게임 안에 담을 뿐이다.

"……한숨 잘까."

기분 좋은 피로가 머릿속과 몸을 공평하게 뒤덮고 있었다.

나는 PC의 전원을 끈 후, 자명종 시계를 오전 네 시에 맞춰서 베갯머리에 뒀다. 그리고 불을 끈 후 재빨리 침대 안으로 들어갔다.

　잠시 휴식을 취하면서 재충전 한 후, 작업을 재개하는 것이다.

　아~, 맞다. 내가 지금 쓰고 있는 시기에, 에리리는 본인도 이해할 수 없는 감정을 끌어안고 있었다고 한다.

　카토와 처음 만났을 때 느낀 임팩트는 그녀와 교류를 나누면서 지금까지 느껴본 적 없는 감정으로 변해 갔다.

　그것을 극도로 단순화시킨다면, 동경이라고 표현할 수 있을 것이다.

　멍하기는 하지만, 누구를 상대할 때도 가면을 쓰지 않는다. 그런데도, 타인을 헤아려줄 수 있다.

　카토의 『남들이 신경 쓰지 않는다』는 특징은 그녀가 남들에게 미움받지 않게 하지만, 그렇다고 사랑받지 않게 하지는 않았다.

　그런 카토의 태도 때문에 에리리의 마음은 치유되었다. 하지만…… 자신을 되돌아볼 때마다, 그녀의 마음속에는 스트레스와 열등감이 쌓여 갔다.

　　　　　　※　※　※

"……하아, 진짜!"

일요일 오전 0시 12분.

불을 끄고 침대에 들어간 후로 겨우 십여 분이 지났다.

그동안 몇 번이나 몸을 뒤척였고, 자신의 역대 모에 히로인을 셌으며, 시나리오를 머릿속에서 쫓아내기 위해 필사적으로 딴생각을 하려고 했다.

하지만 제아무리 잠을 자기 위해 노력을 해도, 결국 내 창작욕은 잦아들지 않았다.

"아아, 젠장! 컴퓨터 괜히 껐네! 빨리 좀 켜져라!"

그도 그럴 것이…… 이제부터 쓸 이벤트야말로 이 츤데레 캐릭터에게 있어 최고의 하이라이트였기 때문이다.

자신도 모르게 스트레스와 열등감을 느끼고 만 에리리는 이윽고 그 감정을 주인공에게 퍼부으며 격렬하게 충돌하고 만다.

그럴 때 주인공은 그런 그녀를 어떻게 대할 것인가? 따뜻하게 받아줄 것인가? 이성적으로 타이를 것인가? 아니면…… 자신도 상대방에게 감정을 퍼부어서, 이 충돌을 돌이킬 수 없을 정도로 악화시킬 것인가?

어느 쪽이든 간에, 이 이벤트는 분명 에리리가 주인공을 향해 마음의 문을 여는 전환점이 될 것이다.

……아니, 이 시점에서는 적에서 친구로 바뀌는 전환점인

가?

그럼 친구에서 연인으로 바뀌는 전환점은 언제, 어떤 형태로 집어넣지?

그때, 메구리와의 우정은 어떻게 될까? 파란이 일어나는 걸 피할 수는 없을 것 같은데.

애초에 그녀들이 친구 사이가 되는 이벤트도 아직 만들지 않았잖아.

맙소사……. 쓰고 싶은 게 너무 많아서, 잠이나 자고 있을 시간이 없어…….

"초조해하지 마……. 우선 주인공과 예전 같은 사이로 되돌아…… 아냐, 메구리와 먼저 친구로 만들까?"

드디어 컴퓨터가 다시 켜졌다.

나는 머릿속에서 샘솟는 설정과 상황과 대사와 표정을 떠올리면서 키보드에 손을 얹었고…….

"아……."

그제야, 방의 불을 아직 켜지 않았다는 사실을 떠올렸다.

※　※　※

이벤트 번호 : 에리리??

종류 : 선택 이벤트

조건 : 발생일 미정, 에리리를 선택했을 때 발생

개요 : 에리리와 심하게 다툰 주인공

〈BG : 초등학교〉
〈SE : 폭죽의 폭발음〉

【주인공】「8년 전…… 멋대로 새로운 친구를 사귀면서 나를 버린 건 너잖아……!」

【에리리】「너…… 아직도 그딴 일로 앙심을 품고 있었어……?」

【주인공】「그딴 일? 그게 그딴 일이라고?!」

【에리리】「그래, 어쩔 수 없잖아! 그때는 그럴 수밖에 없었단 말이야!」

【주인공】「뭐가 어쩔 수 없었다는 건데!」

내가 분노를 터뜨리며 말하자, 에리리는 필사적으로 반론하려 했지만…….
어찌 된 영문인지 내 얼굴을 보더니, 그대로 숨을 삼켰다.

【주인공】「새로운 친구와 노는 게 그렇게 소중했어? ……나보다 걔들이 더 소중했냐고!」

【에리리】「〈주인공〉……?」

어느새, 눈물범벅이 된 내 얼굴을 보고 말이다.

【주인공】「그때 내가 너를 얼마나 소중하게 생각했는지 알기나 해?!」

이것은, 정말 부끄러운 짓이다.
이 다툼은 내가 진 거나 다름없다.

【주인공】「대부분의 남자애들을 적으로 돌렸거든? 그렇게까지 하면서 너와 함께할 장소를 지키려고 했거든?」

여자애 상대로 먼저 울컥한 걸로 모자라, 눈물까지 흘리다니…….

【주인공】「그때 나한테는 너밖에 없었단 말이야…….」

※　※　※

"으…… 망했어."

그렇다. 이 이벤트는 진짜로 망했다.

주인공이 멋대로 폭주해 불합리한 소리를 해 대며 히로인을 비난하고 있으니, 유저들이 싫어하기 딱 좋은 전개다.

이런 전개가 계속되어서는 안 된다.

일단 큰맘 먹고 이 이벤트는 싹 지워버려야…….

※　※　※

【에리리】「그건…… 네가 혼자서 멋대로 그런 거잖아.」

【주인공】「사과해!」

【에리리】「사과 안 해……. 난 절대, 무슨 일이 있어도, 사과하지 않을 거야.」

【주인공】「윽…… 어.」

에리리의 단호한 말을 듣고, 한심하게 또 질질 짜려고 한 순간…….

이번에는 상대방에게 선수를 빼앗기고 말았다.

【에리리】「〈주인공〉도…… 내가, 얼마나 울었는지 모르잖아……!」

【주인공】「에리리……?」

에리리의 눈동자에서…….

심술궂고, 제멋대로이며, 불합리하고, 고집쟁이인 이 배신자의 눈동자에서, 커다란 이슬방울이 하염없이 흘러나왔다.

【에리리】「〈주인공〉과 절교하고, 학교에서 말도 섞지 않게 되고, 서로를 무시할 수밖에 없게 되고…… 슬퍼서, 안타까워서, 분해서, 괴로워서, 얼마나 울었는지 알아?!」

에리리는 눈물을 흘리며, 이가 갈리는 소리가 들릴 만큼 세게 어금니를 악물었다.

그것은, 이 녀석이 항상 짓고 다니던 겉치레 미소만 봐서는 상상도 되지 않을 만큼 깊고, 무거우며, 안타까운 표정 같았다.

【에리리】「나는 너보다 훨씬 힘들었어! 훨씬, 훨씬 괴로웠어! 훨씬, 훨씬, 훨씬 슬펐어! 그러니까, 사과할 이유가 없어!」

※   ※   ※

"자기 입으로 망했다고 했으면서……."

나는 왜 이 이벤트를 계속 쓰고 있는 걸까.

점점 더 악화되고 있는 게 뻔히 보이잖아.

이번에는 히로인까지 폭주하면서 유저들을 내팽개치고 있다고.

지금 이 자리에 있는 것은 최악의 얼간이 주인공과 완전 제멋대로인 히로인으로 이루어진 깡판 콤비다.

"진정해……. 진정하라고, 나."

하지만 이렇게 된 이유는 알고 있다. ……내가 이 두 사람에게 지나치게 감정을 이입한 것이다.

주인공과 나를 너무 동일시했다.

히로인에게 이상한 방향으로 지나치게 구애됐다.

그래서 두 사람이 나누는 대화의 단편이 끝없이 머릿속에 솟구쳤다.

그것을 제대로 이어붙이거나 보완하지 않고 그대로 전부 쓰고 있으니, 시나리오가 맞물리지 않는 것이다.

이 두 사람의 주변 사정을 묘사하지도 않았으면서, 그걸 전제로 한 이야기를 구축하면 어쩌자는 거야.

지금 시점에는 히로인의 매력이나 이미지를 정형화시킬 이벤트가 너무 적어.

그런데, 히로인의 뒤틀린 심성에 대한 묘사만 줄줄 쓰고 있잖아…….

이대로는 유저가 이야기에 몰두하지 못할 거야.

이 히로인에게 매력을 느낄 리가 없어.

……이런 여자애에게 매력을 느끼는 사람은 예전부터 그녀의 본질을 알고 있는 녀석뿐일 거야.

"아아~, 정말! 진짜 하나같이 성가시네!"

나는 머리를 쥐어뜯고, 심호흡을 반복하며, 어떻게든 마음을 가라앉히려 했다.

나는 현재 완전히 폭주 상태다. 그래서…….

"……그래, 메구리와 친구가 되는 이벤트를 쓰자."

휴식을 취한다는 선택지 자체가, 내 머릿속에는 존재하지 않았다.

※ ※ ※

이벤트 번호 : 에리리??

종류 : 선택 이벤트

조건 : 발생일 미정, 에리리를 선택했을 때 발생

개요 : 메구리와 친구가 된 에리리

〈BG : 마을 안〉

〈SE : 자동차가 달리는 소리〉

【에리리】「저기, 메구리.」

【메구리】「응? 왜?」

〈에리리, 얼굴을 붉힘〉
【에리리】「으…….」

〈메구리, 어리둥절한 표정〉
【메구리】「어? 메구리……?」

〈에리리, 부끄러워함〉
【에리리】「마, 말실수한 거니까 신경 쓰지 마!」

〈에리리, 진지〉
【에리리】「실은…… 말실수가 아냐.」

【메구리】「사와무라 양……?」

【에리리】「진심을 털어놓을 수 있는 상대한테 『양』 같은 호칭을 쓰는 건 좀 이상하잖아.」

〈메구리, 화들짝 놀람〉

【메구리】「아…….」

〈에리리, 부끄러워함〉

【에리리】「……너는, 그렇게 생각 안 해?」

〈메구리, 생각에 잠김〉

【메구리】「………..」

〈에리리, 당황한 표정〉

【에리리】「어, 어? 으음…….」

〈메구리, 부드러운 표정〉

〈메구리, 미소〉

【메구리】「응, 맞아, 에리리.」

※　※　※

"하, 하하…….."

　참고로, 이 『메구리와 친구가 되는 에리리』의 이벤트에는 주인공이 등장하지 않는다.

시종일관 에리리와 메구리, 두 사람뿐이기 때문에 주인공의 독백 없이 대화만으로 이벤트가 이뤄진다.

그렇기 때문에 여기서는 캐릭터의 표정 지시가 매우 중요했다.

다른 시나리오에서는 나중에 스크립트를 만들 때 삽입해도 괜찮지만, 이 시나리오만은 표정 지시가 없으면 스토리조차 파악할 수 없다.

"잘됐어……. 정말 잘됐어."

……그런 냉철한 판단은 손가락만이 하고 있었다.

내 머릿속은 그런 시나리오 작성법을 까맣게 잊은 채, 그저 고집이 세고 제멋대로인 히로인이 처음으로 절친이라 할 수 있는 존재를 얻은 것을 축복하고 있었던 것이다.

그것이 캐릭터의 친부모라 할 수 있는 시나리오 라이터적 관점에서인지, 아니면 다른 관점에서인지는 알 수 없지만 말이다.

"……아."

보람을 느끼며 고개를 들어보니, 커튼 너머에 존재하는 하늘이 밝아 오고 있었다.

아무래도 비가 그친 것 같았다…….

그 이전에, 해가 떴다는 걸 인식했어야 정상이려나?

아무튼 기분 전환…… 아니, 일단락됐으니, 이제 어쩌지?

잠에서 깨어난 후로 24시간가량 지났으니, 잠시 눈을 붙이는 것이 가장 타당한 선택지겠지만······.

나는 이 시나리오가 안고 있는 결점이 너무 신경 쓰였다.

초반부에 히로인의 플러스적 매력을 돋보이게 해줄 이벤트를 넣어야 하는데······.

안 그래? 금발 트윈 테일 츤데레 히로인이니까 말이야.

그런 거 있잖아? 스토리와 전혀 관련이 없는······ 그러니까, 유저들이 캐릭터를 좋아하게 만들기 위한 묘사 말이야.

그래. 예를 들자면 주인공과 다투다 얼간이 같은 짓을 해서 울상을 짓는다든가······.

약간은 주인공을 인정하고 있지만, 당사자가 그걸 몰라줘서 화를 낸다든가······.

모처럼 매력적인 미소를 지었는데 주인공이 그걸로 놀려대자, 얼굴을 새빨갛게 붉히면서 고개를 숙인다든가······.

"좋아······."

환한 하늘을 쳐다보던 나는 환한 모니터를 향해 시선을 돌리면서 새로운 파일을 펼쳤다.

이제부터는 원점으로 돌아가서 모에 게임 『시원찮은 그녀를 위한 육성방법』의 시나리오를 작성할 것이다.

※　※　※

이벤트 번호 : 에리리??

종류 : 강제 이벤트

조건 : 공통 루트 6일차에 반드시 발생

개요 : 에리리의 츤데레 이벤트

〈BG : 주인공의 방〉

【에리리】「…………」

【주인공】「어이, 에리리.」

【에리리】「윽?! 왜, 왜 그래?」

【주인공】「너, 혹시 긴장했냐?」

【에리리】「으, 으음, 그게, 그러니까…… 응.」

에리리가 그렇게 대답한 것은 내 방에 들어오고 15분 이상 지난 후였다.

그동안 바닥에 주저앉아 방 안을 둘러보거나, 텅 빈 음료수 컵에 꽂힌 빨대를 빨던 에리리는 내가 음료수를 한 잔 더 가져다주려고 하자 한사코 사양했다. 그야말로 수상한 인물 그 자체였다.

【주인공】「네가 그렇게 긴장하다니 쇼크다……. 너, 옛날에 몇 번이나 왔었잖아.」

【에리리】「그래. 몇 번이나 왔었던 건 『옛날』 일이야……. 8년 만에 이 방에 온 거라구.」

【주인공】「아…….」

【에리리】「수많은 추억이, 이 방에 쌓여 있어…….」

하지만, 계속 긴장하고 있던 에리리는…….
나의 한심하기 그지없는 소리를 듣고 긴장이 풀렸는지, 나를 똑바로 쳐다보았다.

【에리리】「맞다…….」

동상처럼 꼼짝도 앉던 그녀는 몸을 일으키더니, 뭔가를 곱씹듯 방 안을 돌아다니기 시작했다.
그리고 천천히 옷장을 열었다.

【에리리】「저기, 〈주인공〉…… 이게 뭔지 알아?」

【주인공】「어……?」

그녀가 가리킨 것은 내 옷이 아니었다.
새하얀 벽장문의 뒤편에 새겨진 상처…… 아, 저건…….

【에리리】「이거, 실은 내가 적은 거야.」

낙서, 였다.

【주인공】「있는 줄도 몰랐어…….」

뭔가 뾰족한 걸로 적은 거 같은…… 아니, 새긴 듯한 그 낙서는 바로 그녀와 나의 이름이었다.

하지만 그 두 이름 사이에 묘한 기호(하트 같은 것……)는 없었다. 그저 받아쓰기 연습을 한 거라고 해도 부정할 수 없을 것 같았다.

【에리리】「장난쳐서 미안해.」

【주인공】「아, 괜찮아…….」

이 낙서는 8년 전에 새겨진 것이다.
　옛날 옛적에 공소 시효가 끝났으며…… 당시에 그녀가 이 실직고했더라도 혼나지는 않았을 것이다.
　오히려…….

【에리리】「맞다. 앙갚음해도 돼.」

【주인공】「됐어.」

　그리고 자신이 애들 같은 장난을 쳤다는 걸 밝힌 에리리는 애들 같은 사죄 방법을 제안했다.

【에리리】「사양 안 해도 되는데…….」

【주인공】「우리 집에 상처를 내는 것과 너희 집에 상처를 내는 건 레벨이 너무 달라.」

　그도 그럴 것이, 이 녀석의 집은 기둥 따위가 대리석으로 되어 있기 때문이다.

뭐, 그녀의 부모님이라면 웃으면서 용서해주겠지만, 그 엄청난 손해액은 죄책감이 되어 나를 짓누를 것이다.

【에리리】「딱히 우리 집에 상처를 내라는 건 아냐.」

【주인공】「그럼 어디에…… 어?」

　내가 수수께끼 같은 그 말을 듣고 에리리를 향해 고개를 돌리려던 순간…….

【에리리】「앙갚음 삼아…… 나한테…… 상처를, 내도 돼…….」

　옷깃 스치는 소리가 내 귓속으로 흘러 들어왔다.

※　※　※

“아~, 아~, 아아아아아~?!”
　어이어이어이어이어이어이, 잠깐잠깐잠깐잠깐잠깐!
　잘은 모르겠지만, 내 머릿속은 초반 공통 루트에 절대 배치할 수 없는 이벤트를 작성하고 있었다…….

　게다가, 지금 쓰고 있는 내용은 여러모로 이상했다.

마지막의 『상처』는 대체 무슨 의미지?

폭력적인 거면 여러모로 문제거든?

아, 그게 아닐 경우가 더 문제인가? 그리고 왜 옷깃 스치는 소리가 들린 거야?

이거, 미소녀 게임 맞지? 전체 이용가 게임이지……?

그리고 에리리와 했던 브레인스토밍에서는 이런 내용을 다루지 않았다.

고백할 때의 대사나 그 순간의 태도 같은, 캐릭터의 리액션에 관한 정보를 수집하지 않았던 것이다.

뭐, 실존하지 않는 2차원 히로인『이니까』 자유롭게 망상을 집어넣어도 되겠지만…….

하지만 괜찮을까? 진짜로 괜찮을까?

이거, 까딱 잘못하면 전부 다시 써야 하는 사태가 벌어질 수 있는데…….

※　※　※

〈BG : 주인공의 방〉

〈스탠딩 CG의 의상에 관한 상의 필요〉

【에리리】「…….」

【주인공】「…….」

【에리리】「아아~, 사고 쳤네~.」

【주인공】「아니, 저기…… 미안해.」

【에리리】「뭐가~? 사과한다는 건, 후회하고 있다는 거야?」

【주인공】「아니, 저기…… 전혀, 아예, 눈곱만큼도, 안 해.」

【에리리】「응, 다행이다……. 나도 그렇거든.」

【주인공】「에리리…….」

【에리리】「아하하, 하하…….」

에리리는 웃었다.

『그런 일』이 있었던 직후인데도, 묘하게 건전하고, 묘하게 밝으며, 묘하게 상냥한 태도를 취하면서 말이다.

【에리리】「아하하하하, 하하…… 으, 으, 으으…… 흑흑.」

【주인공】「……에리리?」

하지만…….
그 웃음은, 모래성처럼, 순식간에 무너졌다.

【에리리】「후, 후후…… 우엥, 으, 으흑…… 우, 에, 우에에에
에에에엥〜〜〜!」

【주인공】「윽…… 하하.」

하지만 그 변화는 나에게 있어서도, 그녀에게 있어서도 나
쁜 것은 아니었다.

왜냐하면, 그 목소리가, 눈물이, 우리의 8년간을 씻어줬기
때문이다.
왜 그렇게 바보 같았던 거야, 왜 그런 한심한 일에 얽매여
있었던 거야, 하고 우리를 질책했다.

그리고 분명, 눈물로 된 비가 그친 후에는…….
지금까지와는 다른, 8년 전의 속박에서 벗어나, 한 걸음 앞
으로 나아간 우리가 존재할 테니까…….

　　　　　　　　　　※　※　※

"으, 으으…… 훌쩍."

뭐야. 이 말도 안 되는 이야기는 대체 뭐냐고.

올바르게 배배 꼬이고, 순수하게 비뚤어졌으며……

그리고 내 망상이 지나치게 대폭발했기에, 도저히 눈 뜨고 쳐다볼 수 없는 데다, 아무에게도 보여줄 수 없었다.

아무리 게임이라고 해도, 이런 걸 써도 되는 걸까?

나도, 그 녀석도 이런 식으로 생각하지는…….

아, 맞다. 이건 주인공의 심정이지.

그리고 이건 히로인 캐릭터로서의 사와무라 에리리(가명)의 심정이다.

하지만, 하지만, 그렇다면…….

"너희 둘…… 정말 잘됐어……."

8년 만에 마음이 통한 이 두 사람, 나는 축복하지 않을 수 없었다.

　　　　　　　　　　※　※　※

이벤트 번호 : 에리리??

종류 : 개별 이벤트

조건 : 에리리 루트 후반

개요 :

〈BG : 옥상〉

〈메구리, 미소〉

【메구리】「왜……?」

〈에리리, 고개 숙임〉

【에리리】「윽…….」

【메구리】「왜 가버리는 거야? 왜, 나와 〈주인공〉 군의 곁을 떠나는 거야?」

【에리리】「……메구리와는 상관없는 일이야.」

【메구리】「상관있어. 에리리와, 〈주인공〉 군과, 내가 아무 상관도 없을 리가 없잖아?」

【에리리】「…….」

【메구리】「혹시 상관없었으면 했던 거야? 알고 지낸 지 얼마 되지도 않는 나 같은 애가, 너희 둘 사이에 끼어들지 않기를 바랐던 거야?」

〈에리리, 호소하는 듯한 표정〉
【에리리】「그럴 리가…… 그럴 리가!」

〈메구리, 괴로운 표정〉
【메구리】「난 결국 네 절친이 되지 못한 거구나.」

〈에리리, 슬퍼함〉
【에리리】「메구리……?」

【메구리】「뭐든 숨기지 않고 다 말할 수 있고, 서로를 위해 때로는 쓴소리도 할 수 있으며, 결코 상대에게 맞춰주기만 하는 관계가 아닌 데다, 그래도 나중에 돌이켜 봤을 때 상대를 정말 좋아했다고 생각할 수 있는…….」

【메구리】「그런, 촌스럽고, 서투르지만, 멋진 관계가, 되지 못한 거구나…….」

【에리리】「메구리…… 메구리, 나…….」

〈메구리, 미소〉
【메구리】「미안해. 나란 애는 정말 제멋대로지?」

〈에리리, 후회로 가득 찬 표정〉
【에리리】「아…….」

【메구리】「네 장래도, 꿈도, 희망도 전부 무시하면서, 단순히 이상을 강요하기만 했어.」

〈에리리, 호소하는 듯한 표정〉
【에리리】「그렇지 않아! 그렇지 않단 말이야!」

【메구리】「에리리…….」

【에리리】「네가 옳아! 전면적으로 네가 옳다구! 하지만, 그래도…….」

【메구리】「그래도, 양보할 수 없는 게 있는 거구나……. 응, 나도 마찬가지야, 에리리.」

【에리리】「메구리…….」

【메구리】「그러니까, 이 이야기는 이걸로 끝이야. 중요한 시기에 이렇게 불러내서 미안해.」

【에리리】「아, 잠깐만. 메구리, 나…… 윽?!」

〈메구리, 미소를 머금은 채 눈물〉
【메구리】「으, 으으…… 흐, 흑흑…….」

【에리리】「아…….」

【메구리】「미, 미안. 정말 미안해……. 왜, 왜…….」

〈에리리, 오열〉
【에리리】「으～～～!」

【메구리】「왜, 이렇게 되어버린, 걸까…….」

※ ※ ※

"어…… 어이, 어이어이어이어이어이어이……!"
더는, 안 된다.

다방면에서 엇나가버린 나머지 수습이 되지 않았다.

나는 왜 러브러브 신을 끝내자마자 우정 파탄 신을 쓰기 시작한 거지?

아직 트러블의 원인조차 명확하게 정하지 않았잖아.

그 원인이 에리리의 꿈과 얽혀 있다는 것과, 주인공과의 관계에 금이 가게 만드는 것이라고만 대략적으로 정해 뒀는데…….

게다가 메구리가 화난 이유도 정하지 않았는데 …….

순수한 우정이 붕괴된 탓인지, 주인공에 대한 두 사람의 감정이 뒤엉킨 탓인지, 아니면 다른 이유가 있는 것인지도 정하지 않았는데…….

전부 제멋대로, 대충대충에, 헝클어져 있다……. 이걸 대체 어떻게 매듭짓지?

애초에 이런 것은 내가 꿈꿔 온 『시원찮은 히로인을 위한 육성방법(가제)』이 아니다.

더 밝고, 활기차며, 따뜻하게, 미지근하며, 마음이 치유되는…….

여자애의 표정과 행동과 대사가 너무 귀여워서 가슴이 뛰는…….

그런 모에 게임 느낌의 스토리를 쓰기로 했었잖아?

하지만…….

"계속…… 쓰자."

여기까지 왔으니, 이제 돌이킬 수 없다.

방향성은 달라졌지만, 어차피 이 시나리오 작업의 목적은 카토와 에리리를 화해시키는 것이다.

그렇다면 이제부터 해결편에 돌입하는 수밖에 없다…….

카토에게, 에리리와 그녀가 추구해야 할 미래를, 제시해줄 뿐이다.

이제 창밖의 날씨가 어떤지도 알 수 없다.

내 현재 상태도, 앞으로의 구상도, 알 수 없다.

그뿐만 아니라 지금이 몇 시인지도 모르겠고, 알 생각도 없다.

이것이 우타하 선배가 말하던 『크리에이터의 어둠』이라는 걸까?

……뭐, 그런 건 아무래도 좋아.

지금은 내 관심사는 필사적으로 화면을 응시하며, 키보드를 두드리는 것뿐이니까 말이야.

※　※　※

이벤트 번호 : 에리리??

종류 : 개별 이벤트

조건 : 에리리 루트 후반

개요 :

〈BG : 해안?〉

〈SE : 파도 소리?〉

【주인공】「……있지, 에리리.」

【에리리】「응～?」

해가 수평선 너머로 가라앉고 있었다.

아까까지 파도 소리만 들리던 해안에서, 그 파도를 걷어차는 물장구 소리가 들려왔다.

즐겁게 파도와 놀고 있던 에리리의 금색 머리카락이 저녁 노을을 반사하며 찬란히 빛나고 있었다.

마치, 이 녀석이 그리는 선화처럼 말이다.

【주인공】「정말, 이걸로 괜찮은 거야?」

【에리리】「……무슨 문제라도 있어?」

【주인공】「저기, 너답지 않게 너무 과감하잖아……. 많은 걸 희생해야 할지도 모르는데.」

　에리리는 지금 내 곁에 있다.
　그 결단은 누가 보기에도 어이없고, 당돌하며, 그리고 과감하기 그지없었다.

【에리리】「아냐……. 전부 다 희생하지 않기 위해, 이러는 거야.」

【에리리】「내 꿈도, 우정도…… 그리고, 너도 말이야.」

　하지만, 앞으로의 일을 전혀 걱정하지 않는 것처럼, 에리리는 환한 미소를 지었다.

【에리리】「그래. 이건 멀리 돌아가는 게 아냐……. 왕도를 나아가고 있는 거라구.」

【주인공】「내 눈에는 그렇게 보이지 않는데?」

【에리리】「내가 나아가는 길이, 나중에 왕도라고 불리게 될 거야. 그러니까 틀림없어.」

【주인공】「진짜 거만한 녀석이라니깐…….」

【에리리】「이제 와서 무슨 소리야?」

【주인공】「……뭐, 확실히 너는 예전부터 이런 애였지.」

10년 전부터 이 녀석에게 휘둘렸던 나는 쓴웃음을 지으며 어깨를 으쓱할 수밖에 없었다.

【에리리】「하지만 너는 내 이런 면을 좋아하잖아?」

【주인공】「……더는 못 어울리겠네.」

그도 그럴 것이, 에리리의 말이 맞기 때문이다.

【주인공】「그것보다 슬슬 가자. 메구리가…… 다른 애들이 기다리고 있을 거야.」

【에리리】「정말 오래간만에 보네. 다들 잘 지내고 있으려나~.」

【주인공】「그건 네 눈으로 직접 확인해.」

약간 멋쩍어하면서 돌아선 나는 에리리를 내버려 둔 채 걸음을 옮겼다.

　왜냐하면, 그녀라면 분명 내 뒤를 따라올 거라고 믿어 의심치 않으니까…….

　10년 전부터, 그럴 운명이었으니까…….

【에리리】「저기, 〈주인공〉.」

【주인공】「응~?」

　그 목소리를 듣고 내가 고개를 돌리자, 에리리는 나를 지그시 응시했다.

　물가에 선 채, 바람에 머리카락이 휘날리고 있는 그녀는 만면에 끝내주는 미소를 지으며…….

【에리리】「무슨 일이 있어도, 어울려주는 거다……? 앞으로도, 평생 말이야.」

　　　　　　　※　※　※

"왜……."

나는 왜 에필로그를 쓰고 있는 거지…….

메구리와 우정을 회복하는 장면은 어디 간 거야?

두 사람의 마음에 어떤 식으로 결론을 낼 건데?

그거야말로 꼭 써야 하는 부분인데, 왜 가장 중요한 부분을 빼먹고 넘어간 거냐고…….

이래서야 적이 눈앞에 있는데 도망친 거나 다름없잖아. 이 게임의 얼간이 주인공도 그런 짓은 안 할 거다.

"아……."

써야만 한다.

이벤트를 거슬러 올라가서, 에리리와 메구리의 화해 이벤트를 써야 한다.

지금, 내가 반드시 써야만 하는 시나리오를 완성해서…….

메구리에게, 메구미에게…… 아니, 카토에게 보여줘야만 한다.

"아, 아……."

천장이 내 시야를 가득 채웠다.

천장의 문양과 세세한 얼룩이 선명한 화상 정보로서 나에게 전해졌다.

하지만 그 외의 다른 것들은 나에게 전해지지 않았다.

"아, 아, 아……."

온몸에서 힘이 빠져나갔다.

더는 손가락조차 움직일 수 없었다. 입도, 머리도 마찬가지였다.

"지금, 몇 시지……?"

마지막으로 겨우겨우 혼잣말을 중얼거렸지만, 그 혼잣말에 대한 대답을 얻지 못한 채 눈을 감자…….

나라는 존재는, 순식간에 무(無)에 휩싸였다.

에필로그

"아키 군, 아키 군."

"……."

귓가에서 꽤나 단조로운 목소리가 들려왔다.

"이제 슬슬 일어나는 편이 좋을 것 같은데, 어떻게 생각해?"

"어, 어라, 나……?"

하지만 마치 안개가 낀 것처럼 흐릿한 내 머리는 그게 소꿉친구의 목소리라는 걸 좀처럼 인식하지 못했다.

그렇다. 매일같이 나를 깨우러 오는 여자애는 그녀뿐인데 말이다…….

"안녕, 아키 군."

"……치나츠?"

"……그게 누구야?"

마나카 치나츠, 사립 유니버설 학원 2학년.

주인공, 카미야 켄지와 같은 반이자…… 아, 내 기억이 ^{제2장} 거기에 도달할 줄은 꿈에도 몰랐지?

"하아아아암~. 이런 꼭두새벽부터 우리 집에는 어쩐 일이야?"

좀처럼 떠지지 않는 눈을 억지로 뜨자, 아침노을로 추정되는 붉은 빛이 망막을 비추었기에 나는 무심코 또 눈을 감았다.

일요일에 풀린 날씨는 날짜가 바뀐 지금도 화창함을 유지하고 있는 것 같았다.

"흐음~, 아키 군의 뇌는 지금을 꼭두새벽으로 인식하고 있구나."

"……현재 몇 시, 몇 분, 무슨 요일이야?"

하지만 지금 내가 신경 써야만 하는 문제는 날씨가 아닌 것 같았다.

"……오후, 4시, 25분, 월요일~?"

"아, 정확하게 말하자면 방금 4시 26분이 되었어."

"그런 건 시계를 보면 알아."

나는 스마트폰을 쳐다보는 카토에게 태클을 걸며 침대에서 몸을 일으킨 후, 기지개를 켰다.

"하아아아암~."

교복 차림인 카토가 지금이 평일 오후라는 것을 알려줬지만, 뇌와 몸의 피로가 그 정보를 받아들이지 않았다.

나는 현재 정신적으로도, 육체적으로도 완전히 회복되지 않은 것이다.

평소 같으면 주말에 밤샘 좀 한다고 이렇게 지치지는 않겠지만……

어쩌면 이게 밤낮이 역전된 창조의 세계에 발을 들인다는 것일까.

"그런데 주말에 뭘 한 거야? 아무리 아키 군의 평소 생활이 야무지지 못하고, 불규칙적이며, 꼴사납다고 해도, 학교에 가지 못할 만큼 늦잠을 잔 적은 없지 않아?"

"아, 나도 진심으로 반성하고 있으니까 그렇게 인정사정없이 몰아붙이지 마."

그건 그렇고, 창조라는 것은 주위 사람들에게 좀처럼 이해받을 수 없는 괴로운 세계구나…….

"그런데 카토. 내가 학교에 가지 않은 걸 용케도 알았네. 오늘은 서클 활동을 하기로 한 날도 아니잖아."

"그게…… 아키 군네 반 애가 메일로 알려줬어."

"흐음, 우리 반에 그렇게 기특한 녀석이…… 아."

"…………"

그 순간, 카토의 미묘에 미묘를 포갠 듯한 표정을 본 나는 그녀의 정보원이 누구인지 순식간에 눈치챘다.
에리리

……하지만 지금 그 이름을 언급하는 건 서로에게 좋지 않겠지.

"본인은 얼굴을 비추기 좀 그렇다고 해서, 일단 내가 마지 못해, 하는 수 없이, 어쩔 수 없이 보러 온 거야."

"그렇게까지 강조하지 않아도 될 것 같은뎁쇼, 카토 양."

그런 것치고는 꽤 세세한 자초지종까지 전해진 것이 바로 여자들 간의 네트워크가 지닌 기묘한 점이지만 말이다.

……뭐, 확실히 주말에 실시한 브레인스토밍이라는 이름의 정보 교환은, 그 녀석에게 있어 꽤나 거북한 내용이었을 거라는 점은 충분히 상상이 되었다.

아니, 서로가 서로의 핵심에 꽤 다가간 느낌도 들었다.

어쩌면 책임(이란 말이야) 문제로 발전할지도 모를 만큼…….

"그런데 주말에 뭘 한 거야?"

"아니, 그게…… 계속 시나리오를 썼어."

"작업 시작하자마자 바로 밤을 샌 거야?"

"그게, 왠지 멈출 수가 없더라고."

"흐으으음~."

내 대답을 듣고 납득을 한 건지 하지 않은 건지는 모르겠지만, 카토는 매우 미심쩍은 태도를 취하며 맞장구를 쳤다.

결론을 말하자면 납득하지 않은 것 같았지만.

"거짓말이 아냐. 루트 하나를 다 썼다고. 저 컴퓨터 안에 파일로 저장되어 있어.”

뭐, 완성됐느냐고 묻는다면 차마 고개를 끄덕이지 못할 만큼 구멍과 빈틈과 흠이 많은 시나리오지만 말이다.

“좀 봐도 돼?”

카토는 내 책상 앞에 앉더니, 컴퓨터의 화면을 손가락으로 가리켰다.

그 요구가 내 말을 믿지 않기 때문인지, 아니면 순수하게 게임 제작 진행 상황을 체크하고 싶기 때문인지가 좀 신경 쓰였다.

“응…… . 카토가 꼭 읽어줬으면 해.”

하지만 나로서는 바라 마지않던 일이기에 거절할 이유가 없었다.

“하지만 괜한 억측은 하지 말아줬으면 좋겠어.”

“그게 무슨…… .”

“그리고, 카토 네가 뭔가를 느껴줬으면 해.”

“아키 군, 좀 제약이 많은 것 같지 않아?”

나는 미묘하게 불평을 늘어놓는 카토를 개의치 않으며, 컴퓨터의 잠금 화면을 해제한 후 시나리오 폴더를 펼쳤다.

이제부터가 진짜 승부다.

카토와, 나와, 그리고…… .

“……『에리리01.txt』?”

“으…… .”

그리고 카토는 파일 이름을 보자마자 괜한 억측을 하기 시작한 것 같았다.

※　※　※

"으음, 이름만 봐도 알 수 있다시피 이 히로인에게는 모델이 된 사람이 있어."

카토는 텍스트 파일을 담담히 스크롤 하면서, 내가 주말을 전부 쏟아부어 만든 역작을 읽고 있었다.

"전작에서도 금발 트윈 테일 히로인은 나왔지만, 그때는 속성과 소재만 가져왔고 이벤트나 내면은 완벽하게 픽션이었어."

하지만 카토가 내가 쓴 시나리오를 얼마나 진지하게 접하고 있는지는 알 수 없었다.

"하지만 이번 히로인은…… 뭐, 절반 정도는 진짜배기 『그녀석』이야."

글자 하나도 놓치지 않겠다는 듯이 집중해서 읽고 있는지, 아니면 대충 훑어보고 있는 것인지는 그녀의 옅은 리액션만으로는 알 수가 없었다.

"……진짜 그 녀석에 대해 쓴 거라서 히로인답지 않은 심정 묘사도 나와. 겉보기만이라면 몰라도, 진짜 성격은 모에 게임의 히로인과는 꽤나 거리가 먼 녀석이거든."

하지만, 한 시간이 지났는데도 그녀는 여전히 내가 쓴 시나리오를 읽고 있었다.

"그저 남에게 맞춰주기만 하지는 않아. 상대방과 충돌하기도 하고, 엇갈리기도 하지……. 그건 나뿐만 아니라 너도 잘 알고 있을 거야."

일단 이걸로 시나리오의 퀄리티는 제쳐 두더라도, 루트당 플레이 타임을 한 시간 이상은 보장할 수 있을 것 같았다.

"하지만 이번에 그 녀석을 모델로 삼은 건, 사와무라 에리리라는 인간의 진짜 모습을 카토 메구미라는 인간에게……."

"아키 군, 시끄러워."

"예입……."

글자 하나도 놓치지 않겠다는 듯이 집중해서 읽고 『있는 듯한』 카토는, 자기 작품에 대해 세세하게 해설하려고 드는 창작자의 입을 단 한마디로 다물게 만들었다.

……아니, 어쩔 수 없잖아? 자신의 독자가 리액션을 보일 때까지, 작가는 피가 말라 들어간단 말이야. 그러니 괜한 소리라도 하면서 어떻게든 버텨볼 수밖에 없다고.

"……휴우."

"다, 다 읽으셨습니까~?"

그로부터 수십 분 후, 카토가 『에리리 에필로그.txt』라는 파일을 닫고 깊은 한숨을 내쉰 순간, 나는 그녀에게 말을 걸었다.

카토가 다 읽을 때까지 기다리고 또 기다린 덕분일까, 카토는 가시 돋친 듯한 반응을 보이지는 않았다. 그저 아무 말 없이 고개를 끄덕였다.

"그, 그런데…… 어땠어?"

그래서 나는 진지한 표정을 지은 채 머뭇거리며 카토에게 물었다.

내 시나리오에서 뭔가를 느껴줬을까.

진짜 사와무라 에리리를 알게 됐을까.

이 작품이, 그 녀석과 카토의 관계를 회복시킬 계기가 될 수 있을까…….

"……응, 알았어."

카토는 나를 똑바로 쳐다보더니 고개를 끄덕였다.

"카, 카토, 정말이야?!"

……겨우, 전해졌다.

에리리의 배배 꼬인 성격 속에 존재하는 진지한 마음이, 카토에게 드디어 전해진 것이다.

이걸로 석 달에 걸친 두 사람의 불화에도, 드디어 종지부가…….

"응, 알았어……. 에리리에 대해서는 잘 모르겠지만, 아키 군에 대해서는 아주 잘~ 알았어요."

"……카토?"

내가 모처럼 감격에 젖으려 한 순간…….

"아키 군은 에리리를 정말 좋아하는구나."
"뭐어어어어어어어어어어어?! 알았다는 게 그거야~?!"

카토는 여전히 멍한 표정을 유지한 채, 경멸하는 듯한 눈빛으로 나를 쳐다보았다.
"으음~, 이렇게 좋아한다면 몇 번이나 배신당해도 용서하고 말 거야."
"자, 자자, 잠깐만! 카토 너, 내 시나리오를 제대로 읽기는 한 거야?"
그리고 내 혼신의 연애 시나리오를, 마치 루O과 후O코의 애정 놀음 정도로 치부했다.
"응. 구석구석까지 꼼꼼하게 읽어봤어. 이건 아키 군이 에리리에게 보내는 러브레터구나."
"어이, 그 말도 안 되는 해석은 대체 뭐야?! 그리고 주인공은 내가 아니거든~?! 그리고 러브레터라는 단어는 이미 사장된 지 오래거든~?!"
"아~, 예이예이~. 그런가요~. 알았어요~."
"잠깐만! 리액션이 평소보다 더 대충인 것 같은뎁쇼?!"
"어쩔 수 없잖아. 이렇게 뻔히 보이는걸……. 여섯 번 정도 『거짓말쟁이』 소리를 들어도 될 레벨이라고 생각해."

"그, 그 정도야?!"

"아아~, 정말, 여러모로 생각해볼 수밖에 없겠네."

"대체 뭘?!"

"……토모야 선배는 사와무라 선배를 대체 얼마나 좋아하는 거예요?"

"이즈미도 그런 소리를 해~?!"

내가 오늘 들어 두 번째 지른 비통한 절규가 내 방 안에서 메아리친 것은 해가 오후 일곱 시가 지나 해가 완전히 졌을 즈음이었다.

카토가 이즈미에게 「시나리오가 완성됐으니까 아키 군네 집에 와」 하고 LINE으로 경솔하게 연락을 하고 두 시간이 경과했다.

"이야~. 토모야 군, 완전히 사고쳤는걸~. 아하하하하하하."

"이오리, 너는 닥치고 있어. 안 그러면 확 죽여버릴 거야."

그리고 카토는 그 메시지의 끝머리에 「그리고 겸사겸사 프로듀서라는 사람한테도 연락해줘」라고 적었다는 사실을 이 자리를 빌려 보고해 두겠다.

그 덕분에 나는 사면, 아니, 삼면에서 들려오는 초(楚)나라의 노래를 듣게 됐지만 말이다.

"잠깐만 있어봐. 다들 게임과 현실을 너무 혼동하는 거 아냐? 이 시나리오는 어디까지나 픽션이고, 에리리라는 이름은 가명인 데다, 이 이름을 쓰는 편이 서클 멤버에게 이미지가 잘 전달될 거라는 시나리오 라이터의 냉철한 판단에 따라……."

"메구미 씨, 이 변명에 대해 어떻게 생각해요?"

"이즈미 양이라면 두 시간 전부터 이 소리를 들은 내 심정을 이해할 수 있지?"

"꼭 있다니깐~. 누가 봐도 틀림없는데, 『너, ○○ 좋아하지?』하고 물으면 『아냐~. 그런 게 아니라고~!』하고 주장하는 애 말이야. 난 옛날부터 그런 애를 놀리는 게 특기였어~."

"다들 진짜로 그만 좀 해!"

아냐…… 그런 게 아니라고…….

　　　　　　　　※　※　※

"우물우물…… 으언에, 호모야 썬빼……."

"저기, 이즈미. 다 먹고 나서 말해도 돼."

그리고 두 번째 절규를 지르고 30분이 지난, 오후 여덟시경.

휴식&저녁 식사를 위해 카토가(우리 집 부엌에서) 만든 샌드위치를 먹으며 입을 연 이즈미를, 내가 말렸다.

……결단코, 『호모야』라는 발음이 신경 쓰여서 그런 것은 아니다.

"그런데 토모야 선배…… 이 시나리오는 사와무라 선배가 모델이라는 정도로는 넘어갈 수 없는 문제가 있어요."

"무, 문제……?"

"선배, 기획서에선 모에 게임이라고 했잖아요……."

"으, 응. 그게 왜?"

"선배, 설마 모에 게임의 시나리오랍시고 이런 걸 쓴 건 아니죠?"

"그, 그렇게 이상해……?"

그리고 그런 평온한 시간이 지난 후, 우리는 다들 다시 내 시나리오를 읽으면서 문제점 지적 대회를 개최했다.

"이야, 아무래도 토모야 군의 감정이 지나치게 흘러넘친 것 같은걸……."

"그, 그 정도야?!"

아니, 문제점 지적 대회가 아니라, 완전 부정 대회라고나 할까…….

뭐, 시나리오 작업뿐만 아니라 어디서나 문제점 지적은 중요하다. 그래도 어쭙잖은 시나리오 라이터에게도 자존심이라는 게 있거든?

"심정 묘사가 너무 묵직하다고 할까, 캐릭터성이 너무 복잡하다고할까…… 다른 방법은 없었던 거예요? 예? 토모야 선배."

"아니, 진짜로 그런 녀석이니까……."

"『이 시나리오는 어디까지나 픽션이고, 에리리라는 이름은 가명』이라면서요?"

"으으윽……."

그리고, 그들 중에서 가장 혹독한 평가를 내린 사람은 뜻밖에도 항상 내 편에 서줬던 이즈미였다.

"이 사와무라 선배…… 아니, 모 서브 히로인, 대사는 츤데레 같은데 사고방식이 촌스러워요. 그리고 항상 자신만만하고 드센가 싶더니, 별것 아닌 일로 쉽게 무너져 버리잖아요. 타인과의 인연을 잔혹하게 잘라버리나 싶더니, 일편단심으로 마음속에 품고 있기도 해요……. 정말 종잡을 수가 없다고요."

"……그렇게 종잡을 수가 없어?"

……아무래도 『이즈미를 내가 만든 스토리속 세계에 끌어들여, 변해버린 화풍에 영향을 줌으로써 원래대로 되돌린다』는 또 하나의 미션 또한 실패하고 만 것 같았다.

"토모야 선배, 이건 정말 큰일이라고요……. 그릇과 내용물이 완전히 어긋나고 있어요. 모에 치우쳐 있는 현재의

제 화풍으로 이 캐릭터를 그렸다간 언밸런스해질 거예요."

"뭐, 뭐어~?!"

아무래도 모에서 일탈하려 하는 이즈미의 화풍을 되돌리기 위한 내 작전은 완전히 역효과만 일으키고 만 것 같았다.

"아아~, 정말. 큰일 났네. 어쩌면 좋지……. 짜증 나서 죽겠어~."

"저, 저기……. 잘못했습니다."

……그건 그렇고, 혹평치고는 말이 많네.

"이야, 진짜로 골치 아프게 됐는걸. 아하하~."

그리고 문제점 지적 대회가 한창 펼쳐지고 있는 가운데…….

이오리가 터뜨린 밝은 웃음소리가 방 안에서 공허하게 울려 퍼졌다. 이 녀석은 대체 중재를 하려는 건지, 아니면 상황을 더 골치 아프게 만들려는 건지 알 수가 없다니깐.

……그 순간, 안 그래도 입을 다물고 있던 카토는 스마트폰을 만지작거리면서 완전 무시 모드에 돌입했다.

"하지만 이즈미의 의견은 옳아. 이건 분명 모에 게임의 시나리오와는 거리가 멀지. 기획 그 자체를 수정하거나, 시나리오를 대폭적으로 뜯어고칠 수밖에 없을 것 같은데…….
토모야 군, 어떻게 하겠어?"

"알았어! 시나리오를 뜯어고칠게! 최선을 다해 수정하면 될 거 아냐!"

이오리가 제시한 궁극의 이지선다는 바로…… 몇 달 동안 짠 기획과 이틀 동안 쓴 시나리오 중 뭘 버릴 것이냐는 내용의, 유도 심문 같은 느낌의 간단한 선택지였다.

"뭐, 아무리 뜯어고쳐 봤자 이 구질구질한 느낌은 사라지지 않겠지만 말이야."

"그럼 싹 지우고 새로 쓰는 수밖에 없겠네……."

결국 경사스럽게도 나의 『카토&이즈미 구출 작전』은 대실패로 끝나고 말…….

"아니…… 스케줄상 그럴 수는 없어. 남길 수 있는 부분은 남기자."

"그게 무슨 소리야. 그럼 실패를 전제 조건으로 깔고 가자는 거야?"

"무슨 소리를 하는 거야, 토모야 군. 내가 그런 패전 처리 같은 짓을 할 것 같아?"

"이오리……?"

아니, 대실패로 끝나려고 한 순간, 이오리가 짜증 나는 말투로 거드름을 피우듯 말했다.

히죽히죽 웃으며 나를 쳐다보는 그는 왠지 잘난 척하는 표정을 짓고 있었다.

……뭔가, 이상했다.

왜냐하면, 나는 이오리가 어떤 순간에 저런 표정을 짓는지 알고 있기 때문이다.

하지만, 그건…….

"이즈미…… 토모야 군이 저지른 치명적인 미스를, 네가 만회하는 거야."

『득의양양』해 할 때인데…….

"오빠, 그 말은……."

"그래. 은폐 공작이야, 이즈미."

"아하……."

"이, 이즈미?"

그리고 이오리가 탐관오리 같은 소리를 하자, 이즈미는 마치 그의 심복 같은 반응을 보였다.

"이즈미. 네가 이 구질구질한 시나리오를, 귀엽고 사랑스러운 그림으로 데커레이션 하는 거야. 아름다움은 필요 없어. 중후함따윈 죄야. 그림이 시나리오에 녹아들지 않더라도 상관없어. 아무튼 귀엽고, 한결같이 귀여우며, 무지막지하게 귀엽게 그리기만 하면 돼."

"해볼…… 수밖에 없는 거지?"

"괘, 괜찮겠어?"

나는 뇌물을 바치러 온 장사치처럼 「어르신, 잘 부탁드립니다!」 하고 말하며 매달릴 수밖에 없었다…….

그럼 지금 딴청을 피우고 있는 카토는, 마지막에 「이 녀석이 전부 털어놨습니다!」 하고 말하며 증인을 끌고 오는 밀정…… 이제 그만하자.

"승산이라면 충분히 있어, 토모야 군……. 아무튼 귀여운 그림체로 낚아서 이 시나리오를 끝까지 플레이하게 하는 거야."

"『기대했던 것과는 다르네』 하면서 중간에 포기하지 않을까?"

"확실히 기대했던 것과는 다를지도 몰라……."

그리고 이오리는 또 『득의양양』한 표정을 지었다.

"하지만 그런 생각을 품은 대다수의 사람들을 낙담시키지 않을 내용이야."

"뭐, 어?"

"한 번이라도 클리어하면 분명 헤어나지 못할 거야……. 그러니까 다른 시나리오도 기대할게, 토모야 군."

이 녀석…….

내 시나리오를 헐뜯고 있는 거야, 칭찬하고 있는 거야? 대체 어느 쪽이야?

"토모야 선배, 걱정 마세요……."

그리고 이즈미는…….

"제가 당신을…… 사와무라 선배로부터 지키겠어요!"

"이, 이즈미……."

보호하는 쪽과 보호받는 쪽이 바뀐 게 좀 신경 쓰이지

만……

 그래도 이즈미가 그 말을 하면서 지은 표정은 결의로 가득 차 있었다.

 "……."

 "아……."

 그리고, 두 사람에게 격려를 받고 당황한 나를 향해…….

 내 옆에 앉아 있는 사람이, 아주 약간이지만 부드럽고, 아주 약간이지만 안도한 듯한 시선을 보낸 것만 같았다.

에필로그 3

"어찌어찌, 될 것 같네."

"어찌어찌, 된 걸까……."

그리고 오후 아홉 시 이후.

이즈미와 이오리가 돌아간 후, 나는 『뒷정리를 해야 한다』면서 당연한 듯이 남은 카토와 단둘이 한방에 있었다.

아, 참고로 아래층에 부모님이 계시거든?

오늘은 평일이니까 자고 가지는 않을 거라고.

"이즈미 양, 열의가 넘치는 것 같았어……. 그리고 프로듀서 쪽도 방향성을 정한 모양이네."

"뭐, 그런가……?"

카토가 말하는 『프로듀서 쪽』은 현관에서 헤어질 때, 이즈미가 돌아갈 준비를 하는 틈에 몰래 나에게 말을 건넸다.

『흐음. 토모야 군은 이렇게 나왔구나.』

『이즈미에게 화풍을 모색할 겨를이 없게 만들 줄이야…….』

『이걸로 이즈미의 마음속에서 망설임은 사라졌어. 아무튼 필사적으로 유저를 속이…… 모에하게 만드는 데 모든 신경을 다 쏟기 시작한 거야.』

『……응. 희망이 보이는 것 같네.』

이제부터 이즈미의 화풍이 어떻게 될지는 결과를 보지 않으면 알 수 없다.

하지만 잘된 건지 아닌지는 몰라도, 나는 어찌어찌 이오리에게 바통을 건네는 데 성공한 걸지도 모른다.

지금 내가 해야만 하는 일을 해낸 걸지도 모른다…….

"하지만 정말 괜찮을까……."

"너, 몇 초 전에『어찌어찌, 될 것 같네』하고……."

"아, 그 얘기가 아니야."

"아……."

그렇다. 이쪽 <ruby>문제<rt>카토</rt></ruby>는 전혀 해결되지 않았다.

내가 혼신의 힘을 다해 쓴『에리리 시나리오』는, 결국, 카토의 마음에 닿지 못했다.

여자들 간의 우정에 상당한 분량을 할애했는데도, 역시 해결편…… 두 사람이 화해하는 순간을 넣지 못한 것이 치명적이었다.

"일단 다음 수정 시나리오를 기대해줘, 카토……."

"으음~, 아무리 뜯어고쳐 봤자 변함없을 것 같은데 말이지."

"아니, 너, 그건 좀……."

"그야 이건 에리리의 개인 정보잖아?"

"……뭐?"

내가 새롭게 결의를 가슴에 품으려한 순간, 카토가 뚱딴지같은 소리를 입에 담았다.

"이 시나리오는 에리리가 실제로 한 말이나 행동을 그대로 사용했지? 그건 좀 너무하지 않아?"

"아, 아니, 그건 에리리 본인에게서 소재 제공을……."

"게임 시나리오에 쓸 거라고 솔직하게 말했어? 잡담을 나누면서 알아낸 소재를 그대로 사용한 거 아냐?"

"어, 어, 어?"

"맞지? 역시 제대로 허가를 받아야지 안 되겠어."

"아, 아니, 하지만, 이제 와서……."

지금까지 카노 메구리로서 개인 정보를 무단 제공당해 왔던 카토는, 자신의 경우는 뒷전으로 미뤄 두며 그런 엉뚱한 걱정을 하기 시작했다.

카토와 내가 핀트가 어긋난 대화를 나눈 횟수는 셀 수도 없지만, 그래도 이렇게 내 열의의 근간부터 뒤흔들어버리면…….

"뭐, 좋아……. 그건 내가 어떻게든 할게."

아니…….

카토가 방금 한 말은, 혹시 착각이나 비아냥거리는 게 아니라…….

"어떻게든 한다……고?"

"응. 사과할 수밖에 없지 않겠어? 사후 승낙이나 다름없겠지만."

"아니, 카토, 너……."

그 말은, 어쩌면 『멋쩍음』에 기인한 것일지도…….

"내가, 에리리에게 사과할게……. 직접, 만나서 말이야."

"카토……."

닿았다, 다…….

완전히 실패한 줄 알았던, 내 『에리리 시나리오』는…….

누구에게 보낸 것인지도 모르는, 내 착각 덩어리 러브 레터는…….

"뭐, 용서해주지 않을지도 모르긴 해."

"그럴 리, 없어……."

왜냐하면, 그 녀석에게 있어 화해에 비하면 너무나도 별 것 아닌 교환 조건이며…….

애초에 잘못한 사람은 나인데, 비겁하게도 그 뒤치다꺼리를 카토에게 떠넘긴 거나 마찬가지니까…….

"그리고, 만약 화해하게 된다면, 그때 나눈 이야기를 전부 적어 둘게."

"어, 왜……."

"그게 에리리와 메구리의 화해 시나리오가 될 테니까……."

게다가 이 녀석은…… 내 시나리오를, 제대로 읽었다.

내가, 두 사람의 화해 장면을 결국 시나리오에 넣지 못했다는 걸, 인식하고 있었다.

그러면서, 자신이 그 스토리를 짜겠다고 선언한 것이다.

그건 마치 「우리 문제를 네가 해결하겠다는 거야? 진짜 거만하네」 하고 못 박는 것만 같으면서도…….

또한, 자상하기 그지없었다.

"휴우…… 마음속에 쌓였던 걸 토해 내고 나니, 갑자기 배가 고프네."

"아, 그럼 밑에 가서 먹을 걸 가져올……."

"괜찮아. 그냥 이거 먹을래, 토모야 군."

"아……."

바로 그때, 카토가 취한 행동에는 많은 중요 이벤트가 뒤엉켜 있었다.

카토가 태연히 입으로 가져간 것은, 내가 먹다 만 샌드위치.

카토가 태연히 입에 담은 것은, 다시 부활한 『토모야 군』…….

"아무튼, 소꿉친구 시나리오 쓰느라 수고했어. 솔직히 말해 꽤 재미있게 읽었어."

"카, 카토……."

아니, 메구미……라고, 불러도 되려나?

"그러니까, 내…… 메인 히로인의 시나리오도, 엄청 기대해도 되겠지? 토모야 군."

안녕하십니까, 마루토입니다.

『시원찮은 그녀를 위한 육성방법』, 본편 9권을 여러분에게 전해드립니다.

실은 평소보다 발매 페이스가 미묘하게 느려진 점 때문에 세간에서 태클이 들어오고 있습니다. 하지만 정식 넘버링인 6권과 7권, 7권과 8권 사이의 기간을 생각하면 미묘하게 빨라진 게 아닐까 하고 미묘한 변명으로 후기를 시작하자면, 저는 미묘하게 건강합니다.

담당 편집자님과의 이번 플롯 회의에서 『슬슬 메구미와 에리리를 어떻게 좀 하자고』라는 합의가 이뤄졌습니다만, 그 대충 짠 듯한 방향성이 지켜졌는지는 본편을 읽고 확인해주셨으면……. 뭐, 애니메이션으로 13화나 받아 놓고, 마지막에 『우리의 싸움은 이제부터다』라는 대사를 희희낙락하면서 넣는 원작자가 하는 소리니 아량을 베풀어주셨으면 합니다.

자, 애니메이션도 속편 제작이 결정되어, 더욱 (각자의 업무량이) 기세를 타기 시작한 시원그녀입니다만, 실은 이미 속편 관련 회의가 시작되었습니다.

일단 지금 단계에서 말씀드릴 수 있는 것은 적은지라 죄송합니다만, 최근에는「속편에서는 어디를 성지화……가 아니라, 로케이션 헌팅 할까?」같은 계산적인 논의를 하고 있습니다. 스태프의 이해관계가 얽힌(취재비적으로) 중요한 안건이니까 신중하게 선택해야만 합니다.

경치가 좋고, 날씨가 따뜻하며, 음식이 맛있는…… 아, 꼭 원작에 나온 장소일 필요는 없습니다.

왜냐하면 저에게는 원작이나 시리즈 구성 같은 것을 담당한 사람만이 사용할 수 있는 비장의 카드,『애니메이션에 맞춘 어레인지』가 있기 때문이죠.

그러니 설령 속편의 1화에서『blessing software』의 멤버들이 오키나와나 하와이의 해변에서 리조트를 즐기고 있더라도,『원작과 다르다』라든가『스토리 구성상 무리다』같은 태클은 걸지 말아주십시오.

뭐, 저도 애니메이션을 더욱 좋은 작품으로 만들기 위해 최선을 다해 노력하고 있으니, 많은 응원 부탁드립니다.

그리고 다음 권에 대해 이야기를 드리겠습니다만……『본편의 발매 간격이 원래대로 되돌아왔다』고 가슴을 펴고 주장해 놓고 이런 말씀을 드려 죄송합니다만, 다음에 발매되는 것은 아마『정식』넘버링이 아닐 것입니다.

타이틀은 『Girls Side 2』나 『9.5권』 같은…… 뭐, 이번 권을 읽으신 분은 상상이 되실 테지만, 이번 권의 시기에 『토모야가 없는 장소에서』 벌어진, 혹은 앞으로 일어날 이야기를 써볼까 합니다.

참고로 이런 번외편은 지금까지 잡지나 특전용으로 쓴 에피소드에 다소 새로운 내용을 더해 약간 농땡이…… 효과적으로 만드는 경우가 많습니다. 하지만 공교롭게도 다음 권에 쓰일 만한 내용을 과거에 쓴 적이 없기에, 실질적으로는 정규 넘버링에 버금가는 수고를 들여야만 합니다.

뭐, 그런데도 굳이 이런 형태를 취하는 것은 토모야가 나오지 않아야 다들 기뻐……하기 때문이 아니라(진짜입니다!), 히로인들 간의 횡적인 감정선에 대한 생각이 제 머릿속에서 꽤 늘어났기 때문에 이 기회에 한번 정리하자고 생각했기 때문입니다.

그녀와 그녀의, 그녀와의 싸움은 어떻게 될 것인가? 그의 고민을 들은 그녀와, 그에게 방향성을 제시해준 그녀는, 언제, 어떻게, 연결된 것인가? 그리고 그녀와 화해하기로 『겨우』 결심한 그녀가 취한 행동은? 아, 그리고 이번 설명에 나오지 않은 그녀가 이 시기에 뭘 하고 있었는가…… 같은 것도 쓸 수 있으면 좋겠습니다.

……아, 다음 권의 구성 말입니다만, 이번 권의 탈고 직후에 편집자님에게 전화를 걸어 『미안. 9권에서 결판을 못 냈

어!』하고 자백한 것에서 비롯된 건 아니거든요?

분명 원작자의 머릿속에서는, 원작자가 상상도 할 수 없을 만큼 위대한 스토리가 소용돌이치고 있을 겁니다. 정말, 이 작품의 원작자가 이제 그만 이 이야기의 결말을 어떻게 낼 것인지 가르쳐줬으면 좋겠네요.

그럼 마지막으로 요즘 들어 정신 나간 멤버를 소개……가 아니라, 감사 인사를 드릴까 합니다.

미사키 씨, 요즘은 회의나 술자리에 안 오시던데, 잘 지내십니까? 당신이 요즘 말도 안 될 정도로 바쁘다는 것은 각계각층의 관계자분들의 증언을 통해 알고 있습니다만, 건강만은 챙기십시오. 진짜로요. 그리고 오래간만에 연락을 해서 한다는 말이 『카토의 생일이니까 메시지 내놔. 한 시간 안에 내놓으라고』인 건 좀 그렇지 않을까요.

하기와라 씨, 카도카와 BOOKS 창간 축하 드립…… 아니, 그건 그렇고, 당신이 요즘 말도 안 될 정도로 바쁘다는…… 뭐, 그것도 제쳐 두고, 요즘 들어 나이나 병처럼 남의 일 같지 않은 화제에 관해 이야기하는 일이 많아진 것 같은데, 힘내서 열심히 살아갑시다. 그리고 우리 셋은 앞으로 정말 괜찮은 걸까요? 건강하고 문화적으로 최소한의 마감은 지키고 있는 거죠?

그럼 활기차고 긍정적인 메시지를 통해 끝맺음을 할까 합니다.

여러분, 다음 권에서 다시 만나요!

2015년, 가을 마루토 후미아키(건강 검진 받으러 가자!)

안녕하십니까. 근로청년 번역가 이승원입니다.

『시원찮은 그녀를 위한 육성방법』 9권을 구매해주셔서 진심으로 감사드립니다.

올해는 유독 여름이 일찍 찾아온 것 같습니다.

아직 5월밖에 안 되었는데, 반팔, 반바지를 일상적으로 입고 다니고, 선풍기를 켜야 하는데다, 모기와의 사투 또한 시작됐습니다.

특히 모기가 정말 극성이네요.

잠을 자다 모기한테 물려서 깨는 것도 문제입니다만, 작업실에서 일하고 있을 때 모기한테 물리면 정말 괴롭습니다. AHAHA.

어떻게든 모기를 퇴치하려고 전기모기퇴치기도 설치해보고, 창문에 모기장도 설치했습니다만, 그래도 모기는 끊임없이 나타나더군요. 최후의 방법은 모기약 및 모기매트인데…… 건강에 해롭다는 이야기가 많아서 일단 자제하고 있습니다. 그래도 최악의 사태에 대비해 더 좋은 모기 퇴치 방

법이 없는지 알아보고 있습니다.^^

그럼 9권에 대한 이야기를 잠시 해볼까 합니다.
스포일러가 포함되어 있을 수도 있으니 유의해주시길!

이번 9권은 에리리가 날린 대형 폭탄을 정통으로 맞고 위기에 처한 신생 『blessing software』가 그것을 극복하기 위해 분투하는 과정을 다루고 있습니다.

에리리가 그린 한 장의 그림은 그녀와 절차탁마하던 한 소녀를 슬럼프에 빠뜨렸습니다. 그리고 에리리를 절친이라 생각하는 한 소녀를 그녀와 더 멀어지게 만들었죠.

이 세 소녀 중 누구 한 명도 버릴 수 없는 토모야는 그녀들 전원을 구할 길을 찾아야만 했습니다. 그리고 토모야에게 있어 신이나 다름없는 소녀는 그에게 계시를 내리죠. 『시나리오를 써라』는 계시를 말이죠.

개인적으로 이번 권에서 가장 매력적으로 느껴졌던 캐릭터는 카토도, 이즈미도, 에리리도, 우타하도 아니라, 미치루였습니다.

육체적으로도, 정신적으로도, 취향적(^^)으로도 서클과 가장 동떨어져 있는 그녀는 토모야를 돕기 위해 몰래 자신이 할 수 있는 일을 했죠. 그 점이 서클활동에 있어 수동적이었고, 작품 안에서 스포트라이트를 적게 봤던 그녀가 얼

마나 달라졌는지를 드러내고 있습니다. ……물론 본편에서 세세하게 다뤄지지는 않았지만 말이죠.^^

자, 작가님께서 쓰신 GS 2권에서 미치루의 활약상이 다뤄질 거라 믿어 의심치 않습니다! 비바! 시원털털 사촌 히로인!

그럼 이만 줄이겠습니다.

이 작품을 저에게 맡겨주신 L노벨 편집부 여러분. 항상 감사드리며, 앞으로도 잘 부탁드립니다.

곱창 먹으러 가자고 한 악우여. 소금곱창, 양념곱창, 먹었으면 곱창전골을 먹어야 하는 거 아냐? 왜 거기서 라면(?)으로 빠지는 거냐고.ㅠㅠ

마지막으로 언제나 제게 버팀목이 되어주시는 어머니와 『시원찮은 그녀를 위한 육성방법』을 읽어주신 모든 분들에게 진심으로 감사드립니다.

생판 처음 보는 캐릭터(^^)가 표지로 등장하는 GS 2권 역자 후기 코너에서 다시 뵙겠습니다!

2016년 5월 말
역자 이승원 올림

시원찮은 그녀를 위한 육성방법 9

1판 1쇄 발행 2016년 7월 10일
1판 5쇄 발행 2018년 3월 21일

지은이_ Fumiaki Maruto
일러스트_ Kurehito Misaki
옮긴이_ 이승원

발행인_ 신현호
편집국장_ 김은주
편집진행_ 최은진 · 김기준 · 김승신 · 원현선 · 김솔함 · 권세라
편집디자인_ 양우연
국제업무_ 정아라 · 고금비
관리 · 영업_ 김민원 · 이주형 · 조인희

펴낸곳_ (주)디앤씨미디어
등록_ 2002년 4월 25일 제20-260호
주소_ 서울시 구로구 디지털로 26길 111 JnK디지털타워 503호
전화_ 02-333-2513(대표)
팩시밀리_ 02-333-2514
이메일_ lnovel.admin@gmail.com
ㄴ노벨 공식 카페_ http://cafe.naver.com/lnovel11

원제 Saenai heroine no sodate-kata. Vol.9
©Fumiaki Maruto, Kurehito Misaki 2015
First published in Japan in 2015 by KADOKAWA CORPORATION, Tokyo.
Korean translation rights arranged with KADOKAWA CORPORATION, Tokyo.

ISBN 979-11-5981-415-0 04830
ISBN 978-89-267-9771-6 (세트)

값 6,800원